兄弟恋愛

李丘那岐

幻冬舎ルチル文庫

C O N T E N T S ✦目次✦

兄弟恋愛

✦カバーデザイン＝久保宏夏（omochi design）
✦ブックデザイン＝まるか工房

イラスト・田倉トヲル✦

兄弟恋愛

序章

パリンッとガラスの割れる音が響いて、しゃくり上げていた喉《のど》が引きつった。

粗末な板張りの小屋の中。ひとつっきりの窓からは西日が差して、夜の訪れを予告していた。日が暮れると風が凶暴になる。

またあの夜が来る。誰もいない、なにも見えない、虫の歩みにも怯《おび》える——闇《やみ》が来る。

それが怖くてたまらなくて、少しの音にもビクつき、身を縮めて泣いていた。

そこに響いた不吉な破裂音。

体を強張《こわば》らせ、息を潜めて、恐る恐る割れた窓を窺《うかが》う。

この音のあとには、悪い奴がやってくるに違いなかった。ゲームだって、嫌な音がしたら嫌な奴がやってくるようになっているのだから。

でも、本当は少しだけ期待していた。

そこから、パパが、ママが、飛び込んできてくれるのではないか、と。

しかし飛び込んできたのは、子供だった。

自分よりも体は少しばかり大きいものの、歳《とし》はそれほど違わないだろう。顔だけ見たら女の子かと思ってしまうような、頼りがいなんてどこにも見あたらない男の子。

怖い大人じゃなかったことにホッとしたけど、落胆も大きかった。こんな奴じゃどうしようもない。

がっかりして、また涙が出そうになって、近づいてくる子供をギッと睨《にら》みつけた。本当は心細くて、誰にでも「助けて」と泣きついてしまいそうだったけど。同じくらいの歳の子になんて弱みを見せたくなくて、必要以上に瞳に力を入れて睨んだ。

でもその子は平然と近づいてきて、一生懸命縄をほどいてくれた。

「もう大丈夫だよ」

優しく微笑《ほほえ》まれた瞬間、ピンと張り詰めていた心が一気に撓《たわ》んだ。今まで溜《た》め込んでいた不安が涙と一緒に零《こぼ》れ出した。

困惑したように抱きしめてくる腕は、細くてやっぱり頼りなかったけど、その温《ぬく》もりに意地も恥ずかしさも全部溶けていった。ますます涙は止まらなくなって、初めて家族以外の腕の中でわんわん泣いた。

だからあの笑顔には弱いのだ。見つめられると心がクニャッと折れてしまう。

それは、十年経《た》った今でも――。

一

「ただいま」

耳に吐息のような声を吹き込まれ、佐倉峻也《さくらしゅんや》はビクッと首を竦《すく》めて振り返った。間近にいたずらに成功した悪ガキのような笑顔がある。近すぎる距離に、峻也は思わず一歩横に避けた。

「なんだよ、桐《きり》、驚かせるな」

耳の産毛の間をまだ吐息がさまよっているように感じて、峻也は何度もそこを撫《な》でつけながら苦情を言った。

「峻がボーッとしてるからだろ。噴いてるぞ、鍋」

「え？　あ、おおぅ」

慌てて火を止める。スープをおたまでかき混ぜていたはずが、いつの間にか手が止まり、沸騰して噴きこぼれそうになっていた。小皿にとって味を確認するが、たいした問題はなさそうだった。

そして、後ろから隣に移動した弟の姿を見て、違和感に口を開く。

「おまえ、走って帰ってきたのか？」

Ｔシャツにジーンズという、おおよそランニングには不向きな格好。しかしＴシャツのブルーは濡《ぬ》れて黒っぽく変色し、体に張り付いている。タオルを首にかけて顔を拭《ふ》く桐からは汗のにおいがした。

九月に入っても暑い日が続いているとはいえ、普通にしていて滴《したた》るほど汗をかくことはない。

「そ。いい感じの距離だったから」

「いい感じって、どれくらい？」

「うーん、いつもと同じくらいだったから、たぶん十キロくらいじゃねえの」

「十キロ!?」

十キロあったら峻也なら、最寄り駅まで歩くか、他の乗り物を探すか……歩くことはあるかもしれないが、走ろうなどとは間違っても思わない、思えない距離だ。

桐がトレーニングのために毎晩走っているのは知ってたが、十キロも走っているとは知らなかった。一緒に走ったことはないし、桐が一キロをどのくらいのタイムで走るのか知らないから、出ていって帰ってくるまでの時間で何キロなんていう換算もできなかった。しようと考えたこともなかったけど。

「すごいな……」

桐が走りはじめたのは、高校に入ってサッカーを始めてからだ。続かないと思ったのに、大学二年になった今も続いている。サッカーも、毎夜走ることも。

「別にたいした距離じゃねえよ。それより、今日は池田《いけだ》さん休みだよな。ってことはそれ、峻が作ったんだ。なら、俺も食う！」

池田というのはこの家の通いの家政婦の名前だ。仕事で超多忙な両親は、家事のほとんどをこの通いの家政婦に任せていた。

今日はその家政婦が休みの日で、自分たちで家事をこなす日、ということになっている。だけど夕飯に関しては、手が空いている限り峻也が請け負っていた。

誰かに強制されてやっているわけではない。まだ高校生の妹にはできるだけ手料理を食べさせたくて。他はついでに作っているわけだが、みんな賑《にぎ》やかに食べてくれるのでそれなりに楽しかった。

しかし心のどこかに、役に立たなくては、という思いがあるのは否定できない。

この家にもらわれてきて十年。そんなことを言われたことは一度もないし、佐倉家の兄弟五人のうち実子は二人だけなので、峻也だけが引け目を感じる必要はなかった。結局は性格ということになるのだろう。

「え、食うのか？」

自分の分があるのは当然という桐の申し出に、峻也は少しばかり困った顔になった。

佐倉家の家族は七人。用意したのは五人分。基本的に両親の分は用意しないので、普段なら兄弟五人分ということでいいのだが、今日は母から帰るという連絡があった。

「なに、俺の分ねえの？」

桐が不満そうに言う。

「だっておまえ、今日は例の……デートだったんだろ？　当然食事はしてくるものだと思ってたから……」

峻也はサラダを作る手を休めず、目だけをちらっと横に向けて言う。

しっかり育ったたくましい胸板がすぐ横にある。桐は着痩《きや》せするタイプだが、今は汗でTシャツが張り付いているため、鍛えられた筋肉の隆起がよくわかった。昔はひょろっと痩せていて、背負って歩けるくらいだったのにと、峻也は男としては薄めの自分の胸板と比べ、ひそかに溜め息をついた。

「デートねえ。泥棒成金の娘をたらし込むのがデートだと言うんなら、行ってきましたよ」

桐は拗《す》ねたように言った。自分の分がない仕返しなのか、わざと峻也が眉を寄せるような品のない言い方をする。

女をたらし込む——それができるだろうなとすんなり思えてしまうくらいに、桐の顔は整っていた。

長めの黒い前髪の間から覗《のぞ》く印象的な瞳。長い睫毛《まつげ》に縁取られた上目蓋《うわまぶた》のラインは大きめの半径を描き、眦《まなじり》がスッと切れ上がっている。虹彩は少しグレーがかっていて、見慣れているはずの峻也でも、見つめられると気後れしてしまうくらいに目力があった。

全体の顔立ちはシャープで、鼻筋は真《ま》っ直《す》ぐに通り、薄めの唇はいつも少し不満そうに結ばれている。

「で、どうだったんだ？」

本当はずっとその「デート」の成り行きが気になっていた。鍋をかき混ぜる手がおろそかになってしまったのも、実はそのせいだ。

「まあなんていうか……すっげーお喋《しゃべ》りな女でさ。訊《き》くことも訊かないことも、なんでもよく喋る、喋る。家のセキュリティ固めるより、娘の口固めろよって思ったね」

「ふーん、そうなんだ」

サッカーの練習後に会うと言っていたのに、まだ七時すぎという時間に帰ってくるのだ。どれだけ口が軽かったか、そしてどれだけ逃げ出したかったかが知れる。最初の計画では、もしかしたら朝までコース？　などと言っていたのだから。

「なに、心配してたわけ？　俺に口説き落とせない女なんていねえよ」

桐は口元に妖《あや》しい笑みを浮かべて自信満々に言い放った。

その顔を見ればさもありなんと思うけど、峻也は胸の奥が嫌な感じにモヤッとした。

この不快感は、同じ男としての劣等感なのだろうか。

血の繋《つな》がりはないとはいえ、兄を標榜していれば、昔からなにかと比べられるのは避けられなかった。峻也も子供の頃は妹とよく似た可愛らしい顔などと言われていたのだが、成長して男らしくなるにつれ、顔を褒められることはなくなった。この家に養子に来て桐と比べられるようになってからは、「なんか普通」とか、「パッとしない」とか言われるのが普通になった。「おまえの弟に女を盗《と》られた」などと因縁をふっかけられたのも一度や二度ではない。しかしそういうのも、桐が飛んできてやっつけてしまう。男としての劣等感なんて、いちいち抱いていては身がもたなかった。

じゃあこの胸のモヤモヤはなんなのかと考える。

「美姫《みき》がいるだろ、落とせない女」

答えらしきものを思いついて口に出した。

桐はもうずっと前から、峻也の実の妹である美姫のことが好きだと言っていた。なのに口説けない女はいないなどと堂々と言うのは兄として気に入らないし、美姫からはかなり適当にあしらわれていて、まったく口説き落とせていないという事実もある。

「美姫？　へえ、マジで口説き落としちゃっていいんだ。峻が、美姫が十八になるまで絶対手を出すなって言うから、遠慮してやってるんだけど。俺の本気があの程度だと思ってんの？」

桐は峻也の肩に腕を回し、ニヤニヤ笑いを至近距離まで寄せて、そんなことを言う。触れられると、モヤモヤよりもソワソワの方が強くなった。

「遊びでいろんな女に手ぇ出してるような男に、美姫をやるもんか」

冗談めかして肘《ひじ》で桐を押しのけ、できあがったサラダをカウンター部分に置いた。

「遊ぶしかないでしょ。本命はお兄ちゃんのガードが堅くて口説けないんだから。遊びでもいいのって言われたら、ふらふらーっと行っちゃうって。俺は心も体も健康な男子だから」

あ、ちゃんと避妊はしてるよ、などと軽い調子で言うのがまた気に入らない。

「不誠実な男の言い訳だな」

「ま、峻に言われちゃ否定できないけど。峻は誠実だから……本当に好きな子としか寝ない、んだろ？」

目だけが笑っていない顔で問いかけられ、一瞬答えに詰まる。

「そ、それは……誠実っていうか、俺はおまえみたいにもてないし、わざわざ遊びの相手探すほど暇じゃないし……」

男らしさに欠ける平凡な容姿でこれといった特技もなく、注目を集めることと言えば、佐倉双子の兄というだけでは、もてるはずもない。

結果、誠実な男にならざるをえないだけで、誠実であろうと自らを律しているわけではない。言うのも情けないが。

「ふーん。じゃあ言い寄ってくる奴がいたら遊んじゃうかもしれないんだ？」

そのまなざしに軽蔑が滲《にじ》んだように思えて、是とも否とも言えなかった。しかし、遊びまくっている男に軽蔑されるいわれもないと思い直し、少し強気に口を開く。

「そんなことがあればな」

言ってることはまるで強気ではないが。

しかし言った途端に桐の目がスッと細くなって、なにかまずいことを言っただろうかと不安になる。

「な、なんだよ」

「べーつにー。そんなことがあるといいですね」

桐は棒読みでそう言って引き下がった。

「なんかムカつく。さっさとシャワー浴びてこいよ。しょうがねえから、おまえの分も食事、用意しといてやるから」

「はーい、お兄さま」

どんなに上からものを言っても、するりとかわされてしまう。

桐が横からいなくなると、体温と汗のにおいがすっと消え、峻也はホッと息をついた。

桐はいつも間合いが近いのだ。別にそれが不快というわけではないのだが、子供の頃から人となんとなく距離を取る癖《くせ》がある峻也にとって、体温を感じるほどの距離はちょっと近すぎる。家族だから許している距離、だった。

ぴったりくっついても緊張しないでいられるのは、実の妹の美姫くらいだ。

これは、子供の頃に父親から虐待《ぎゃくたい》されていた後遺症なのか。

桐が自分に害なすことはないということはよくわかっている。理屈ではわかっていても体が言うことを聞かないのがトラウマというやつなのだろう。

この家に引き取られてからというもの、トラウマなんて未《いま》だに持っているのが申し訳ないほど、なに不自由なく幸せな日々を過ごしてきた。

佐倉家はかなり裕福な家庭だ。家政婦を雇えるという時点で、金持ちなのは間違いなく、家の建物自体も普通というには大きかった。見ようによっては豪邸と呼べるかもしれない。

しかしこの家が大きいのは家族が多いからで、不要な部屋がいっぱいあるわけでも、一部屋が無駄に広いわけでもなかった。

峻也が今いるキッチンも広さはそれなりで、シンクに立てばダイニングやリビングまで見渡せる対面式のオープンな造り。

しかし、システムキッチンはかなりランクの高いものだし、ダイニングには八人掛けの塗りが美しい大きなテーブルが置かれ、リビングにはテレビに向かってコの字形に十人以上座れる白いソファが置いてあった。当然ながらそれが収まるだけの広さはある。

一階には他に両親の部屋と和室、水回りなどがあり、二階には五人兄弟のそれぞれの個室。

四畳半と六畳の2LDKが原風景である峻也にしてみれば夢のような豪華さだが、実のところは少しばかり家族が多い、ちょっとお金持ちの家、ということだった。

電話が鳴って、峻也が短い受け答えをして切ると、桐が烏《からす》の行水かという早さで戻ってきた。

「おまえ早すぎ。……でもまあいいや、それ食べていいぞ。今日は蘭《らん》さんが早めに帰れるって言うんで用意してたんだけど、今電話があって、『宗《そう》ちゃんも珍しく仕事が早く終わったから、デートしてくる！』だそうだから……」

売れっ子の服飾デザイナーである義母の蘭子と、レストランなどを経営する実業家である義父の宗次郎はどちらも多忙なのだが、いつまでもラブラブだ。もしかしたら、なかなか会えないのが長続きする秘訣なのかもしれない。大きくなった子供と食事することより、滅多にできないデートの方が大事だと二人とも堂々と言ってのける。

「子供に仕事を言いつけておいて、自分らはデートだとか吐《ぬ》かすのが、うちの親の常識外れなところだよな」

上半身裸の桐に、美姫が帰ってくる前になにか着ろと命令し、スープを皿に注いでテーブルに置く。桐は渋々といったように、肩にかけていたTシャツを着た。

「あの人たちが常識人なら、自分の子供が二人いるのに、三人もよその子を引き取ったりしないだろう。従兄弟《いとこ》の寛吉《かんきち》はまだしも、ちょっと縁があっただけの俺や美姫まで……」

この家の本当の子供は、桐と双子の弟の藤《ふじ》だけだ。峻也は十一歳の時、ある事件をきっかけに妹の美姫とともに児童養護施設から引き取られ、その一年後に桐たちの従兄弟である寛吉が親を亡くして引き取られたのだった。

「ちょっとの縁どころじゃねえよ。峻と美姫は俺の命の恩人だ」

「恩人は美姫だよ。俺は付録みたいなもんだ」

「付録とか、まだ言ってんの。美姫には感謝してる。でも、実際に俺を助けてくれたのは峻だし、二人とも俺の大事な人だ。うちの親は常識外れだけど、判断は間違ってねえよ」

桐の真っ直ぐな視線に少し気後れしつつ、それを悟られないようにさりげなく視線を逸《そ》らした。

「間違ってない、のかね……。息子が『引き取ってくれないと不良になる！』ってごねたからって、赤の他人の子を二人も引き取るっていうのは」

十年前、若き実業家として頭角を現しはじめていた宗次郎は、峻也の目には優しそうでお洒落《しゃれ》なおじさんというふうに見えた。

『峻也が桐より歳下で、いいように使われちゃいそうなタイプだったら引き取らなかったけど。ちゃんとお兄ちゃんやってくれそうだったし、あいつらに妹ができるっていうのもいいかなと思って。なにより蘭ちゃんが気に入っちゃったからね』

二人を引き取った理由を、宗次郎はのちにそう話した。

その妻の蘭子は、当時から売れっ子デザイナーで、

『峻ちゃんを引き取ったらいい子になるって桐ちゃんが言ったのよ〜。嘘だったけど』

などと、ふわふわ陽気に笑う浮世離れした雰囲気の人だった。

普通の人なら、いくら息子がごねても、たとえ息子の恩人だったとしても、家に引き取って育てたりはしないだろう。

「いいんじゃねえの、おもしろいから」

スープをスプーンでぐるぐるかき回しながら桐が言った。

「……おまえは確かにあの二人の子供だよ」

楽天的なのは母親譲り、なんでもおもしろがるのは父親譲り。

「あんまり褒《ほ》め言葉には聞こえねえけどな」

猫舌なのは母親譲りで、桐は散々かき回したスープを慎重に口元に運ぶ。「あちっ」とスプーンを口から離したのを見て、峻也は思わず笑ってしまった。

桐に睨まれた時、玄関の方から、「ただいまー」と明るい女の子の声が聞こえた。

峻也は敏感に反応して、玄関へのドアを開け、靴を脱いでいた女の子に笑みを向ける。

「おかえり、美姫。早く着替えておいで。一緒に晩ご飯食べよう」

「うん」

美姫は長い巻き毛を揺らして、にこっと微笑み、自分の部屋へと階段を上がっていった。

髪型は蘭子と相談して決めているらしい。その髪型も、ベージュのセーラー服とブラウンのミニスカートという、シックで愛らしい制服もとてもよく似合っている。

我が妹ながら可愛い、と峻也は思う。女の子のレベルが高いと言われるお嬢様高校に通っているが、その中でも絶対一番可愛いと確信していた。

昔は峻也と似ているなどと言われていたが、男だと並レベルにしかならない顔も、女であればハイレベルになれるものらしい。

大きいというほどではないが丸っこい印象の目と、ふっくらした唇。そして色白というところまでは、今も峻也と共通。美姫はそれが丸い小さな顔に愛らしく収まっていて、峻也はそれより若干面長で目つきもきつい。

表情によっては今でも似ているらしいのだが、峻也は自分の顔に関しては、けっこうどうでもよかった。美姫が可愛いのであればそれでいいという、妹至上主義。

桐が美姫に一目惚れ《ひとめぼ》したのだと聞いた時も、それはしょうがないな、と思ったのだ。その頃桐は小学四年生で、美姫は一年生だったけど、施設に入って少しずつ表情を取り戻していた美姫が、たまに見せる笑顔はまさに天使のようだったから。

峻也はその頃も今もずっと、美姫が世界で一番可愛いと思っている。

しかし桐もそうだとは限らないだろう。子供の頃の一目惚れが二十歳になっても生き続けるものなのか。

最近もふざけたように美姫が好きだと言ってはいるが、本心かどうかはわからない。そのうち他の女の子を好きになるかもしれない。それが自然……のような気もする。もしそうなったら、これだけ長く好きだと言われ続けた美姫は、少なからず傷つくのではないだろうか。心変わりはどうしようもないが、美姫が傷つくようなことはできるだけ回避したかった。

「桐……もし他に好きな女ができたら、俺に言えよ。美姫に言うより先に」

美姫の席にスープを置きながら、すでに食事を始めている桐に言った。

桐にとっては唐突な言葉だっただろう。怪訝《けげん》そうに眉を顰《ひそ》め、つかの間峻也を見つめてから口を開いた。

「他に好きな女、ねえ……」

できるとは思えないという口調に、少しホッとする。

「できないなら、それでいいけど」

「それでいいって。俺の一途な片想いが実らなかった時のことは心配してくれないの？　お兄ちゃんは」

「え？　あ、まあ……その時は……」

なんとも言いようがなくて困ってしまう。

「その時は責任とってよね」

「責任？」

問い返したが、桐はニヤッと笑っただけで食事を再開した。そこに部屋着に着替えた美姫が下りてきて、峻也の隣に座る。

「いただきまーす。……うーん、やっぱ、お兄ちゃんのハンバーグが一番美味《おい》しい」

ほどよく焦げ目のついたハンバーグを一口頬張《ほおば》り、美姫が幸せそうに言う。

一番美味しそうに焼けたのを美姫のところに置いた甲斐《かい》があったというものだ。峻也は少し照れながら微笑む。

桐はそんな二人を呆《あき》れたように見て口を開いた。

「本当、気持ち悪いくらいの仲よし兄妹だよな」

「気持ち悪いってなんだ」

峻也は憮然《ぶぜん》と言い返す。

「美姫、俺とも仲よくしようぜ。来週の日曜、俺のサッカーの試合があるから、応援しに来いよ」

優しげな笑みを浮かべて桐は美姫に言った。美姫もにっこりと笑みを返したが、

「桐くん、来週の日曜日は私が友達と出かけるって言ってたの、覚えてて言ってるでしょ」

言葉はどこか辛辣《しんらつ》だった。

「覚えてねえよ。俺に誘われて友達を優先する女なんて、美姫しかいねえし」

「桐くんが知らないだけで、きっと百万人くらいいるわよ」

美姫は淡々と返したが、峻也はそんな女、美姫以外に見たことがなかった。

「美姫のそういうところが好きだぜ」

「そりゃどうも」

だいたいいつもこの二人はこんな感じだ。意思の疎通が図れているようで、そうでないようで。しかしそういうやり取りを楽しんでいるようには見える。

きっと、他と違うから美姫がいいのだろう、桐は。美姫の方の気持ちは、いまいち峻也にはわからないのだが。

「じゃあ峻が来いよ」

「は？」

突然話を振られて驚く。

「どうせ暇だろ、峻。バイトは夜だけだし」

軽い調子で美姫の身代わりを言いつけられる。

「どうせってなんだよ。俺だってバイト以外に用事があることもある」

「へえ。なに？」

問われて言い返そうとしたのだが、とっさになにも思いつかなかった。

「じゃ、弁当もよろしくな」

桐は峻也が思いつくのを待たずに話を終わらせた。

「なんで俺が……」

「だってギャラリーいないと燃えねえもん。美姫が来ないんなら、ピーキャーうるさい女どもより峻の方がマシだし」

「マシってなんだ。そんな失礼な奴のために、誰が弁当作って応援になんか行くか」

峻也は絶対行くものかと固く決意する。桐はそれ以上言い返してはこなかった。別に本気で言っていたわけではないのだろう。

「ねえ、藤くんはどうしたの？」

会話が切れて、美姫が桐の横の空席を見て問いかける。

「あいつは部屋で壺作ってる。飯は一段落したら食うって。適当でいいって何度も言ったのに、美意識がどうとか言って……」

「凝り性だもんね、藤くん」

「本当、双子なのになんでこうまで性格が違うんだか……」

峻也はちらりと向かいの桐に目を向けた。

「なんか言ったか、峻」

「言ったよ。おまえはなんでも飽きっぽいって」

「ああん？　俺はすっげー一途だぞ。なあ、美姫」

同意を求める桐に美姫はちらっと目を向け、顎《あご》に指を当て少しばかり思案する。

「……うん、まあ……そうとも言う、かもね」

ものすごく曖昧《あいまい》な答えが返る。

「そうともってなんだ、かもって。俺はなあ、あの日あの笑顔にハートを奪われて、そのまま十年も美姫一筋なんだぞ。どんだけ一途だよ」

「あの笑顔、ねえ……」

美姫はもの言いたげな顔で桐を見た。

美姫もその恋心に関しては懐疑的なのだろう。桐が一途だと認められるのはサッカーに関することくらいだ。

「なんにせよ、あの時の桐くんが、百年の恋も冷めそうな情けない顔をしてたのはよく覚えてるわよ。そしてお兄ちゃんがすごく格好よかったことも」

美姫は桐に冷たく言い放ち、兄には笑みを向けた。峻也の猫可愛がりに負けず劣らず、美姫もまたお兄ちゃんが大好きで、兄と呼ぶのは昔も今も峻也のことだけだ。

「それは忘れろって言ってんだろ。あの時の俺は、不安いっぱいの可哀想《かわいそう》な子供だったの。あんな泣いたのなんて、あの時だけなんだから」

負けず嫌いの桐としては、子供だったとはいえ、泣き顔を見せてしまったことは一生の不覚だったのだろう。その時のことを話すと途端に不機嫌になる。

「そうだな。桐が可愛かったのはあの時だけだったな」

峻也は意地悪く言った。

「可愛くなくてけっこうだよ」

桐はすっかりむくれてしまう。傍若無人でいつも強気の桐も、これを持ち出すと強く言い返してこない。恩があると思っているせいなのか。怒るというよりは拗ねるといった感じで、それはなかなか可愛いと峻也は密《ひそ》かに思っていた。

「できたよ、壺」

そこに藤が木の箱を抱えて入ってきた。

桐と一卵性双生児である藤は、桐と同じ顔をしている。昔はわざと同じ髪型と格好をして、大人や告白してくる女の子をからかったりしていたが、高校生の終わり頃に藤が眼鏡をかけるようになって、間違えられることはほとんどなくなった。藤は元々はお洒落だったのに、その頃から髪はもっさりと、わざとのようにやぼったい服ばかり着るようになった。

それは自己の確立ともとれるが、裏に隠された理由を知っているのは、たぶん自分だけだろうと峻也は思っていた。峻也は藤の意志を尊重して誰にも言っていないし、藤が自分から人に言うとも思えない。このままでいいのかと思うこともあったが、余計なお節介は焼かないようにしている。

藤はいつも通りの涼しい顔で、一升瓶が入りそうな大きさの木の箱をテーブルの上に置いた。そしてその蓋を開ける。

「うわ、すげえな。本物みてえ。おまえは本当に、無駄に凝るよな……」

桐が半ば呆れたように言う。

ビロードの布の中に埋もれた壺は、前に写真で見たものとまったく同じもののように見えた。

「データがわりと詳細だったし、写真もいっぱいあったから……確かにちょっと凝りすぎた。でもこれは陶器じゃなくて粘土だよ。それに……」

藤が壺を起こすと、見えなかった裏側に表の和風の絵柄とはまったく異なる、半裸の女の子が描かれていた。それも豊満な胸のアニメキャラ風。

「すばらしい趣味の悪さだな、相変わらず」

桐はニッと笑って言い、藤もそれに同じ笑みを返した。

子供の頃、この二人がこの顔をするとろくなことがなかったという思い出がよみがえって、峻也だけが苦い顔になる。

「おもしろいだろ、この方が。あんまり精巧に作りすぎるのもまずいし。見た時のダメージはでかい方がいい。泥棒野郎が取り出してびっくりする顔を見られないのが残念だよ」

残念だと本当に思っているのか、藤は本心のまったく見えぬポーカーフェイスで言った。

「じゃ、これを本物とすり替えてくればいいわけだ」

この壺は、とある資産家の家から盗まれたもののレプリカだ。これを本物の壺と取り替えてくる計画を、今峻也たちは立てている。

その資産家は警察に盗難届を出したのだが、壺が取引されない限り、見つけるのは困難だと言われたらしい。盗んだ相手の目星はついていたけれど、確かな証拠はなにもなく、憶測で家宅捜索はできないし、もし強行してそこに現物がなかった場合、言いがかりをつけたとして立場が悪くなるのは訴えた側だ。

困った資産家は、美食チェーン・さくらの社長が、失《う》せ物探しを得意としているという噂を聞きつけ、なんとかならないものかと相談に来た。

なくなった人や物を見つけ出す特殊な力を持っているのは美姫だ。なくなった現物を美姫が知っている、もしくは写真ででも見たことがあれば、現在それがある場所の近くに行くと在《あ》り処《か》がわかるという力。探したいと思わなければ特になにも感じないらしいのだが。

美姫を引き取った時にその能力のことを知った宗次郎は、おもしろがってたまに簡単な失せ物探しを美姫に頼んでいた。しかし、それが口コミで評判になって、次第に深刻な依頼が来るようになった。取引先や知人のつてでの依頼は断りにくく、請け負っているうちにまるでさくらの裏稼業のようなことになってしまった。

宗次郎は悪人ではないが、やり手の実業家だ。これで金を稼ぐのではなく、恩を売って人脈を広げる材料にしているらしい。

しかし美姫には甘いので、美姫に在り処を探る以上のことを強要することはなかった。

その後の裏付けや奪還を行う場合には、四人の息子たちが駆り立てられる。知恵と度胸とチームワーク。危険を乗り越えるほど男は成長するのだから、と。

宗次郎は自身が若い頃にした苦労や、危ない橋を渡った経験が今の糧《かて》になっているという自負があり、息子に危険や困難を与えるのは愛なのだと信じている。そして、どんなことでもおもしろがれなきゃダメだ、と桐たちと同じいたずらっ子のような表情で笑うのだ。

佐倉家の血を引く三人はわりとあっさりそれを受け入れた。が、峻也はなかなかおもしろがるという境地には達しない。

捕まったらどうするのだ、なんてことを考えてハラハラする小市民。しかし養い親の意向に逆らうこともできず、危険なことは全部自分が引き受けようと覚悟を決めている。

しかし、そんな峻也の悲壮な決意もどこ吹く風。他の三人はノリノリで楽しんでいる。美姫も自分の力を隠さず、逆に活かせることで楽に息ができているようだった。

ごく普通の常識人である自分が割を食うのはなんとも解せないのだが。

「おっ待たせ〜、寛吉君のお帰りだよ！」

兄弟の最後のひとり、寛吉も帰ってきて、食事後に作戦会議を開く。

すでに美姫の力によって、怪しいと目されていた家に壺があることはわかっていた。だから美姫は先に眠らせて、四人でリビングのソファに座り、顔を寄せる。

壺の現在の所在地は、不動産業を営む社長の家。そこに若い娘がいるとわかり、今日桐が接触して探りを入れてきたのだ。

建築に興味があると言って間取りを聞き出し、きみの部屋に忍び込むにはどうすれば……などと言って、親がいない日や、セキュリティの解除方法まで聞き出したらしい。

「おまえ……結婚詐欺とかできるよ」

峻也は呆れつつも感心する。

寛吉は家や周辺の写真を撮ってきていて、もしもの場合セキュリティ会社がどれくらいで到着するかなども調べていた。逃走経路も完璧に組まれている。

「本当、泥棒や詐欺くらいなら簡単にできちまうくらいのノウハウは身についたよな、俺たち。偉大なるお父様のおかげで」

「よーし、みんなで怪盗鼠小僧みたいなこと、やるか⁉」

「いいね」

などと三人は悪のりするが、こういうノリに峻也はついていけない。黙っていると、

「そこはそれ、佐倉家の良心がここにいらっしゃるから」

寛吉が言って、注目を浴びた峻也は眉を寄せる。

「悪かったな、堅物で」

峻也はふてくされて言った。いつも水をさす立場なのは、正直あまり楽しくはない。しかしこの三人を野放しにしておくわけにもいかず、仕方なく苦言を呈することになるのだ。

「堅物もいてくれなくちゃ。ブレーキがあるから車はスピードが出せるのよ？　アンダスタン？」

寛吉が調子よく言ってニッと笑い、

「峻じゃないと止められないよ、この二人」

藤が寛吉と桐を指さす。

「峻がいなけりゃ今頃塀の中かもな、寛吉が」

しれっと言った桐に「それはおまえだろっ」と寛吉の突っ込みが入る。

一緒にいると、いつも思わず笑わされる。

自分だけ取り柄がないとか、なんの才能もないとか、おもしろみがないとか、いろいろ考えてしまうけど。だけどみんなが居場所をくれる。

ここにいられるだけでいい。これ以上の幸せなんて望んではいけないと峻也は思っていた。

みんなが笑っていられるように、自分にできることはなんだってする。そのためなら、きっとなんでもできる。

大事なものを護《まも》るためなら思いもかけない力が出るということを、峻也は経験で知っていた。

二

峻也は最寄り駅で降りて大学の正門を入り、構内を斜めに渡っていく。街の中にあるわりに広い構内は自然も多く、時折木々の間を風がさわやかに通り抜けていくのだが。

「暑いよ……」

大学はまだ夏休みの九月中旬。風が吹いても役に立たぬほど、今日は強い日差しが降り注いでいる。

なぜ自分はこんなところを歩いているのか、峻也は自分でも納得できずにいた。朝からおにぎりを握って、せっせと玉子焼きなど焼いて弁当を詰め、来る必要のない大学までわざわざやってきた。

馬鹿らしい。朝から何度そう思っただろう。弁当は作ってやるから自分で持っていけと言ったのに、どうせ暇なんだから応援しに来いと言われ、気づいたら桐はいなくなっていた。

せっかく作った弁当を無にするか、暑い中持っていくか……。実際にはほとんど悩むこともなく家を出ていた。

木陰を抜けると、金網のフェンスの向こうに青とオレンジのユニフォームが走り回っているのが見えた。どうやら試合はもう始まっているらしい。周囲に設置してあるベンチはほとんどが女子で埋まっていた。

大学サッカーは一般的にそれほど盛り上がっているとはいえないジャンルだ。有望といわれる選手は高校を出てプロの道を選ぶし、野球やラグビーほど大学スポーツとしての人気も高くない。

将来指導者になりたい者。体力作り。暇つぶし。プロに行くために大学でも本気でサッカーをやっている者。理由は様々だが、好きでなければ大学でまでサッカーを続けることはないだろう。

峻也は暑い中、まだ午前中なのに汗だくでコートを駆け回っている男達を見て感心する。

桐がどんな理由でサッカーを続けているのか、峻也ははっきりとは知らなかった。だけど本当にサッカーが好きなのだということはわかる。試合の時の真剣な表情を見るのはわりと好きだった。

「きゃー、佐倉く～ん、頑張って～！」

それが好きなのはどうやら峻也だけではないらしい。

敵にスライディングされて転んだ桐に、黄色い声援が飛ぶ。桐はムッとした顔で立ち上がり、走り出した。

あのタイミングでの声援は、たぶん桐の神経を逆撫でしているだろう。

格好悪いところや弱っているところは絶対見せたくないという、格好つけの負けず嫌い。頑張りを褒めると、かなりの確率で機嫌を損ねた。俺は頑張らなくても格好いいんだよ、なとど。そのくせ毎晩走ったり、大学の練習が休みなら自主練したりしているのだが、走らないと体の調子が悪くなるからだ、なんていう言い訳をする。

努力は格好悪いと思っている節がある。

しかし峻也には、努力している姿こそが格好いいと思えた。桐の信念を覆そうなどという気はないので言ったことはないけれど。

空いていたベンチに座り、試合を観戦する。大学リーグでは強豪といわれるチーム同士。まだどちらも得点はない。素人目にも桐が巧《うま》いのはわかった。自然にボールが集まる。そういうポジションなのだろうが、他の選手達が桐を頼っているふうなのは、見ているだけでも伝わってきた。

高校の時から、桐は注目を集める選手だった。実際、プロからの誘いもあったのだ。だけど桐はプロになる気はないと一蹴し、峻也と同じ大学に進んだ。他にやりたいことがあるのかと思えば、体育学部に入って変わらずサッカー三昧《ざんまい》の日々。それならプロになればよかったのでは、と周りは思ってしまうのだが。

将来どうするつもりなのかと訊いても、ちゃんとした答えが返ってきたことはない。

桐はなにを考えているのかよくわからないところがある。まったく読めない藤よりはまだマシだけど。

しかし、将来ということに関しては、峻也も偉そうなことは言えなかった。

最初は高校を出たら働くつもりだったのだが、頭が悪いわけじゃないし、特別やりたいことがないのなら大学は行っておきなさいと義父に言われ、進学した。佐倉に恩返しできればと商学部に入ったが、教わることにまったく興味が持てずにいる。学費を出してもらっているから真面目《まじめ》に勉強はするのだけど、自分が経営や商売というものに向いてないということを思い知るばかり。このままいっても父の手助けにはなりそうもなかった。

兄妹で一番カリスマ性があるのは桐だが、会社を継ぐ気はさらさらないと早くから言っていた。藤も峻也と同じ商学部なのだが、ひとりで粘土を練っている方が好きな男なので、会社を継ぐかどうかは微妙。寛吉は弁護士になると法学部。美姫は私立のお嬢様高校に行っていて、将来は美容師になりたいらしい。

そもそも父は誰かに跡を継いでもらいたいとは思っていないようだった。自分が一代で今の地位を築いたから、子供達もそれぞれ自分のやりたいことをやればいいというスタンス。恩返ししてほしいなんて、まったく求められていない。

だからますますどうしていいのかわからなくなってしまうのだ。

今まで、自分の道なんて考えずに生きてきた。美姫のため、家族のため、そんなことばかりを考えてきた。

でも、もしかしたらそれは逃げだったのかもしれない。取り柄のない自分から目を逸らし続けるための。誰かのため、なにかのためにと頑張っていれば、自分は役に立っていると思えたから。

だけどもう、そんな逃げは通用しない。取り柄がなくても、自分の道は見つけなくてはならない。

桐ほどサッカーが巧ければ、自分なら絶対それに懸けた……というか、縋《すが》ったに違いない。

そんなことを思っている時に、桐がミドルシュートを決めた。一斉に「キャーッ」という歓声が上がり、桐が自慢顔でチラッとこちらを見て、峻也の周りでまた嬌声が上がる。

ここにいる女性はほとんど桐のファンなのでは、と思ったが、声援を聞いていると他にも二人ほど人気選手がいるらしい。たぶん、ひとりは敵チームのゴールキーパーで、もうひとりは桐のチームメイトの右ウイング。どちらも背の高い男前だ。

なので、さっきのゴールで起きた歓声には、敵方の悲鳴も混じっていたようだ。

結局、桐の一発が決勝点となり、試合は終了した。

「見た？　峻。俺の華麗なシュート」

桐が真っ直ぐ峻也に向かって駆けてきて、自慢げに言った。桐の行き先を目で追っていた女達が、峻也を見て怪訝な顔になる。なんだ、この男はというところだろう。

「はいはい、さすがは俺の弟だよ」

ずっと窺われるのは面倒なので、さっさと身分を明らかにする。

「お兄さんらしいわよ」そんな囁《ささや》きが広がっていき、次には馴染《なじ》み深い「似てないな」という視線を浴びる。

しかしそれに関しては特に説明を加えようとは思わなかった。血が繋がっていても似てない兄弟はいる。

「飯、涼しいところで食おうぜ」

運動部用の広いクラブハウスは、今日はサッカー部の貸し切り状態だった。冷房の効いた室内に丸テーブルが十個ほど。隅には予備の長机や椅子が積まれている。施設としてはきれいでちゃんとしているのだが、ここに設置されているのは飲み物の自動販売機だけだった。大学の食堂や売店はかなり離れていて、外のコンビニなどはさらに遠い。

今日は昼食のあとでミーティングがあるということで、試合前に弁当を買ってきている者が多いようだった。自前の弁当や彼女の手作り弁当という人間もいたが。

桐と二人でテーブルにつき、弁当を広げると、チームメイト達の物珍しげな視線を浴びた。峻也はかなり居心地が悪かったが、桐はまったく気にしていない様子。

大学生になって峻也が弁当を持って応援に来たのは今日が初めてだ。試合は午後からが多くて、午前の時には終わったら即解散、食事は各自で適当に、だったらしい。

「美姫に持ってきてもらった方がよかったんじゃないのか」

「そりゃそうだけど、用があるって断られたんだからしょうがないだろ。それに、女だと嫉妬の的になるし。峻は美姫がいじめられてもいいわけ？」

「よくないけど……」

彼女をいじめるなんて、大学生にもなって本当にあるのか？　と思うが、さっき自分が浴びた視線を思えばありえないとは言えなかった。美姫のためだと思えば我慢もできるが、どうも理不尽な気がしてならない。

「桐は本当にプロになるつもりないのか？」

おにぎり片手に玉子焼きを頬張る桐を見ながら、今日の試合を見ての素朴な疑問をぶつけてみた。

「俺はそんなにサッカーに懸けてないし、なるつもりなら大学には来てねえよ」

桐がそう言った瞬間、場の空気が微妙に緊張したのを峻也は感じた。

たぶんここにはプロを目指している人がいるのだろう。そういう人には侮辱ともとれる言葉。桐は自分の正直な心情を話しただけで、目指している人を馬鹿にしているわけではないのだろうが。

峻也は自分が訊く場所を配慮すべきだったと後悔する。

「桐……」

どうフォローすべきかと考えるが、言った本人は周囲の反応など気にする様子もない。

「佐倉ー、珍しいじゃん、弁当って。いつもは女の弁当、全部お断りなのにな。男はいいのか？」

隣のテーブルにいた四人の内のひとりが声をかけてくる。からかう声には棘《とげ》が感じられて、峻也はヒヤッとして桐を見るが、桐は平然としたものだ。

「女の弁当はひとつ受け取ると後々面倒くせえし、知らない奴の手作りなんて食えないんすよ、俺デリケートなんで」

「うわ、本当嫌な感じだよな、おまえ」

どうやらそこは最上級生のテーブルらしい。四年生でこの時期まで部活動をしているということは、プロ志望なのか、もう次が決まって余裕なのか。

「じゃあそちらさんは知ってる人ってことか。彼氏？」

なおも突っかかってくる男に向かって、峻也は自ら口を開いた。

「あ、兄です。いつも弟がお世話になってます」

立ち上がってきっちり頭を下げる。

「いえ、こちらこそ。って、マジ？　全然似てねえな。顔も、態度も」

礼儀正しい峻也に男は鼻白む。

「そりゃ、血ぃ繋がってないから」

桐はあっさり返し、男は対処に困ったように峻也を見た。根っから悪い奴じゃないらしい。

「気にしないでください。別に複雑な事情とかないんで」

実際はけっこう複雑な事情だが、それを説明する気にはなれなかった。血の繋がらない兄が成人した弟のサッカーの試合に弁当を持ってくるというのは、あまり普通ではないような気もするが。

「へえ、仲いいの？」

声をかけてきたのは、話していた男の隣に座っていた長身の男。桐の次くらいに女達の声援が多かった右ウイングだ。

彫りの深い南国風の顔立ちで、眼窩《がんか》の奥から覗く黒い瞳は、先ほどからじっと峻也を見ていた。こちらが怯《ひる》んでしまうような強い視線。機嫌を損ねるようなことをした覚えもないのだが と戸惑いながら答える。

「まあ、そこそこ」

弁当を持ってくるくらいだから、仲が悪いなんてことはない。それくらいは訊かなくてもわかりそうなものだ。

「そこそこなんて謙遜するなよ」

桐はなにを思ったか、峻也の首に腕を回して強引に引き寄せ、峻也は椅子から落ちそうになって焦る。

「なに、おまえ――」

「俺たち、ものすごーく仲いいんすよ」

桐は右ウイングに視線を置いたまま、峻也の頬にキスをした。

「き、桐!?」

峻也は悪ふざけについていけず、桐を突き飛ばして睨みつける。頬に残る生々しい感触を打ち消すように擦《こす》りながら。

しかし桐はなに食わぬ顔で、また弁当を食べはじめる。

怒っても無駄なのだとわかっているけれど、公衆の面前で男に……弟にキスされて平然と受け流せるほど人間が大きくない。冗談だなんて、もちろん周りもわかっているだろうが。

気持ち悪い兄弟だときっと思われただろう。

「お、峻也じゃん。なに、おまえまだ弟に振り回されてんの？」

部屋に入ってきたのは、峻也と高校からの同級生でサッカー部員の男。桐も付属の同じ高校だったので、兄弟の事情にも明るい。軽い調子でからかわれて、いつもなら反論するところだが、今は救われた気分になった。

「俺はもう帰るぞ」

呼吸を落ち着けて、静かに言って立ち上がる。

「えー、俺まだ食事中。終わるまで付き合えよ」

こういう時だけ、弟のような顔をするのだ。どこか子供っぽい甘えるような顔。そうされると峻也が無下にできないことを桐はよく知っている。

峻也は溜め息をついて再び座った。

「お兄ちゃんも自分の意のままに動かさないと気に入らないのか。さすがはウチの司令塔」

さっきの右ウイングの男がまた絡んでくる。

「近江《おうみ》先輩が俺の意のままに動いてくれたことなんて、ありましたっけ？」

桐は鼻で笑いながら返した。

「ああ、天才くんの意図が読めないできの悪い選手で悪かったな」

こちらも食えない笑みを浮かべて答える。

「近江にそれ言われちゃ、俺たち立つ瀬ないだろ」

「佐倉の要求に応えられるのなんて、佐倉しかいねえんじゃねえの？」

近江と同じテーブルの男達が口々に言う。

どうやらこの二人、実力的に部内のツートップというところらしい。人望は近江という先輩の方があるのかもしれないが、きっとサッカーの実力では桐が上。諍《いさか》いはしょっちゅうなのか、他のチームメイト達は知らぬ顔を装いつつ、こちらを意識しているのがわかる。

「たいした要求をしてるつもりはないんですけどね」

桐がボソッと言って、空気がさらに強張った。

「桐っ」

今のは、相手の気持ちを逆撫でするとわかっていてあえて言ったのか、考えずに言ったのか。どちらにしろ桐の本心ではあるのだろうが。

「なに」

「おまえの言葉は天然で毒があるんだよ。……もうちょっと考えてから発しろ。とりあえず今はその口、食うことに使え」

口の中に大きな三角おにぎりを突っ込む。

「んがっ、――おまえな！」

突っ込まれたおにぎりを手に取り、咀嚼《そしゃく》しつつ怒鳴る姿は滑稽《こっけい》で、峻也は思わず噴き出してしまった。

「笑ってんじゃねえよっ」

格好悪いのが大嫌いな男は、怒って手を伸ばしてきたが、周りがそれを見て笑っているのに気づいて、ムッと黙り込む。

「ほら、お茶」

水筒から注《つ》いで差し出すと、無言で受け取って呑《の》んだ。

「へえ、本当に仲がいいんだ……」

ボソッとどこか不満そうな声が聞こえて、目を向ければ近江と目が合った。じっと見つめられて、どう対応していいかわからず戸惑っていると、近江が表情を緩めた。優しそうな笑顔にホッとして、峻也も笑みを返す。

「もう帰れよ、峻」

そんな様子を見て桐が怒ったように言った。たくあんを取って、もう終わりだと弁当箱に蓋をして峻也の方へ押しやる。

「は？　おまえは本当に勝手な奴だな」

弁当箱を受け取って布で包み、持ってきた時と同じ紙袋の中にしまった。

「周囲を不快にさせる言動は慎むように」

立ち上がり、無駄だと思いつつ注意すれば、桐は眉を寄せて目を逸らし、追い払うかのように手をひらひらさせた。あまりの態度に峻也はムッとして、

「あ、そうだ。ありがとう、は？」

嫌がらせとして感謝の言葉を要求した。

「……うぜえ」

桐は一顧だにせずそれで済ませようとしたが、怯んでいては兄などやっていられない。

「俺はこの弁当を作るために、昨日の晩から肉をタレに浸して、朝だっておまえが起きる前から――」

「はいはい、わかりました、ありがとうございました！　どうぞ気をつけてお帰りくださ

い」

桐は立ち上がり、峻也の腕を引いて出入り口まで連れて行く。周りは物珍しそうに桐を見て笑いをこらえているふうだったが、近江ひとりだけが冷めた目で峻也を追っていた。

「いらっしゃいませ！」

紺色でまとめられた制服は、開襟シャツの胸元に「ｓａｋｕｒａ」と縫い取りがある。従業員の名前ではなく、店の名前だ。

「はい、お二人様ですね。個室になさいますか？」

問いかければたいがい頷《うなず》かれる。カップルならなおさらだ。

峻也は週に五日、居酒屋でアルバイトをしている。居酒屋といってもかなり洗練された雰囲気の店で、趣の違う簡易個室が全体の三分の二を占めていた。いろいろな部屋があって楽しいとか、落ち着いて話ができるとか、なかなか好評なのだが、それよりなにより料理が美味しいというのが、この店の一番の売りだった。

ここは美食チェーンさくらが運営する居酒屋。つまりここのオーナーは佐倉宗次郎、峻也の義父だ。

峻也としてはまったく関係ないところでアルバイトをしたかったのだが、他のところでは急に休んだら迷惑がかかるから、という理由で、バイトするならうちの店でのみ可と押し切られた。

急に休むのは、父が例の仕事を請け負って、こちらの都合など聞かずに押しつけてくるせいだ。少し余裕を見てくれれば、普通のアルバイト先でも充分やっていける。しかし、自分の都合が第一の人には、いくら言ってみても馬の耳に念仏だった。

ここでももちろん急に休めば迷惑に違いないのだが、父によって迅速な欠員補充がなされる。普段は現場に出ないような偉い人が来ることもあって、それはそれで現場には迷惑な話だが、オーナーの意向では文句もつけられない。

そんなふうなので、きままなお坊ちゃんバイトだと思われても反論できなかった。常日頃の働きでなんとか認めてもらうしかない。

「峻、明後日《あさって》だって」

厨房から顔を出してそう言ったのは藤だった。

峻也がアルバイトを始めたのは大学生になってから。藤も大学に進学するなり同じところに入ってきた。せめて系列の違う店にしろと峻也は言ったのだが、家から近いし、知ってる人がいる方がいいし……などとごねられ、結局峻也が折れた。

その頃の藤は、学校に行く以外ほとんど外に出ないという、軽い引きこもり状態だった。

そんな藤が自分から外に出ようというのに、出鼻をくじくようなまねをするのは悪い気がした。

藤がここに慣れれば、自分が他の店に移ってもいいし……などと考えていたのだが、もう一年半が過ぎている。藤もすっかり慣れたようなのに、峻が違うとこに行くなら俺は辞める、などと言われて、峻也は結局ここで働き続けていた。

「は？　明後日ってなにが？」

藤はいつも言葉が足りない。

「例の壺泥棒の家、明後日の夜は誰もいないらしい」

「ああ……。じゃあ明後日はバイト休まないといけないってことか」

意味がわかって溜め息をつく。もっと早くわかっていればシフトを変わってもらうのも簡単なのだけど、急だと頼むのも気が重い。

「うん。俺は田村《たむら》さんとシフト変わってもらった。峻は誰かいそう？　いないなら親父に――」

「いや、自分で誰か探してみるから」

父頼みは極力したくなくて藤の声を遮った。

「いらっしゃいませ！」

ドアが開く音に反応して声を上げる。藤は厨房に戻ろうとしたのだが、

「お、本当だー、こないだの佐倉のお兄さんだ！」

その声に足を止めた。

佐倉というのが桐のことだというのはすぐにわかった。入ってきたのは六人組。つい先日会ったばかりのサッカー部の面々だった。峻也の高校からの同級生もいたし、近江もいる。三、四年生の集まりらしい。

「先輩達がぜひとも猛獣使いのお兄さんに会いたいっていうから連れてきちゃった」

同級生の男がのほほんと言う。

「猛獣使いって……」

あのあとそんな話になってしまったのかと、渋い顔で男達を見やる。また近江と目が合ったが、今日は穏やかな笑みを浮かべていた。

「あれ？　佐倉？」

ひとりが怪訝そうに言って、その視線の先を追うと藤がいた。眼鏡はかけていたけど、伸びた髪は頭に巻いたバンダナの中で、顔だけがはっきり見えるとやはり桐によく似ている。

「あ、こいつ弟ですよ。桐の双子の弟」

峻也が言う前に同級生の男が説明した。

「双子⁉」

知らなかったらしい他の五人が騒ぎだす前に、藤はさっさと厨房に逃げ込んでしまった。

「えーと、六名様ですね。こちらへどうぞ」

峻也は有無を言わさず、厨房から一番離れた個室へと六人を押し込んだ。それからも注文を取りに行ったり、料理を持って行ったりするたび声をかけられて面倒だったが、忙しいので適当にいなしていた。

「あ、きみ……峻也くん、だっけ」

厨房に戻ろうとしたところで後ろから声をかけられる。振り向けば、近江が立っていた。

「はい。なんでしょう」

またなにか桐に関して言われるのかと、笑顔を浮かべたまま身構える。

「きみ、菊竹の児童養護施設にいたことない？」

「え？　あ、はい、……いましたけど」

思いがけないことを言われて、思わず素直に答えていた。菊竹の児童養護施設というのは、峻也と美姫が佐倉家に引き取られる前にいた場所だ。十年近く前の、ほんの一年ほどのことだけど。

「やっぱり。こないだきみを見て、どこかで見たことがあるような気がしたんだ。なかなか思い出せなかったんだけど、佐倉桐が双子だって聞いて、それでどっといろんなことを思い出した。こないだ血が繋がってないって言ってたしね。僕はずっとあの施設にいたんだ。きみと同じ班だったんだけど、覚えてない？」

「えっ、本当ですか⁉」

不審に思っているのが顔にも表れていただろうが、一気に吹き飛んだ。近江がこないだじっと自分のことを見ていたのは、そのせいだったのだと納得する。

まさか近江が同じ施設の出身者だったとは……。施設は男女別、年齢別で班分けされていたので、ひとつ違いの近江と同じ班というのは充分ありえることだった。

「俺、すみません。あの頃は自分と妹のことだけでいっぱいいっぱいだったんで、あんまり覚えてなくて……」

毎日、どうしたら美姫を安心させてやれるのか、笑わせられるのか、そして自分の無力を嘆くばかりで、周りなんて見えていなかった。一年ちょっとの間、同じ部屋で寝起きしていたはずの人間の顔がまったく思い出せない。

「そうだろうね。すぐに引き取られていっちゃったし。僕も施設にいた子をみんな覚えてるわけじゃないけど、引き取られ方が珍しかったから記憶に残ってた」

なるほどと思う。確かに引き取られ方はかなり特殊だった。施設にもマスコミが押しかけたので、子供心にも強い印象を残していたとして不思議ではない。

「あんなふうに引き取られていって大丈夫なのかと思ってたけど、仲よくやってるみたいでなによりだ」

「はい。おかげさまで、桐だけじゃなく、家族みんなとてもいい人たちだったので……」

なぜだろう、幸せですと言うのに気が引けてしまった。

施設イコール不幸という偏見が自分の中にできあがってしまっているのかもしれない。自分があそこにいた時、幸せとは程遠い状態だったという記憶のせいで。

近江はすべてを承知しているような笑みを浮かべた。

「それはよかった。再会できたのもなにかの縁だろうし、子供の時に仲よくできなかった分、これから仲よくしてよ」

「あ、はい、こちらこそ」

「今度、僕が働いてるバーにも呑みに来て。サービスするから」

「いいんですか？　俺、いっぱい呑んじゃいますよ」

「はは、それは楽しみだ。ごめんね、忙しいのに話しかけて。じゃあまた」

近江は片手を上げて、部屋に戻っていった。

もっと話をしたい気持ちはあったけど、周りが忙しく動いているのを感じれば、自然にそわそわしてしまう。近江がそれを察して引いてくれる人で助かった。たまに相手が忙しそうなのをわかっていても、だらだらと話を続けようとする奴や、気もそぞろなのを怒る奴がいる。そういう奴は大抵、自分の仕事も遊び半分でやっていたり、ちゃんと働いた経験がなかったりするものだ。

どうやら近江は気の遣えるちゃんとした大人であるらしい。連絡先も訊かなかったが、それを知る手段はいくらでもある。互いに知ろうとしなければ、社交辞令で終わりだ。

それでも特にかまわないが——。

峻也は頭を仕事へと切り換え、厨房へと足早に歩き出した。


翌日。近江との邂逅《かいこう》は社交辞令では終わらなかった。

「峻也くん」

揃って講義が二限からだったので、桐と二人でのんびり構内を歩いていたら、背後から名前を呼ばれ足を止める。振り返れば、キリリと引き締まった濃い男前が微笑んでいた。日の光がよく似合う焼けた肌にアクアブルーのシャツがさわやかに映える。

「近江さん」

正直、峻也は戸惑った。なにも桐が一緒の時に話しかけなくてもいいだろう、と。桐と近江のそりが合わないのは、このあいだ少し見ただけでも充分わかっていたから。

案の定、近江を見た途端、桐の表情は険しくなった。

同じ男前でも、桐の顔立ちは近江に比べれば薄味だ。しかし激辛風味。メタリックなロゴ入りの黒いTシャツも、シルバーのアクセサリーも桐の硬質な雰囲気にはよく合っている。

全体に攻撃的で尖《とが》った印象があるから、声をかけるには勇気がいるタイプだろう。

自分をごく平凡、どちらかというと地味だと思っている峻也は、兄弟でなければ近づくこともなかっただろうと思う。まだ近江の方が親しみやすい。雰囲気だけでいうなら、だけど。

「先輩が峻になんの用ですか」

桐は鋭い目つきで近江の穏やかな笑みを睨みつけ、チェックの開襟シャツを着た峻也の肩に手を置いた。

話しかけられた近江は、今桐に気づいた様な顔をする。

「ああ、佐倉か。峻也くんに聞いてない？　きみんちに引き取られる前、僕らは同じ施設にいたんだよ。偶然の再会を祝して呑みに行こうって話をしたんだけど、昨夜《ゆうべ》は忙しそうだったから。連絡先はまた会った時にって思ってたら、翌朝に会えるなんて。嬉《うれ》しくなっちゃって、佐倉のことは目に入ってなかったよ」

ごめん、などと言いながら、近江も微妙に喧嘩《けんか》腰だ。桐ほど露骨に顔に出さないのは大人だからかもしれないが、含みを感じさせるのは大人の嫌らしさという感じもする。

一日の始まりにはちょっとヘビーな組み合わせだ。桐の機嫌が見る見る悪くなっていく。

「バイト先で会ったたっていうのは聞いてたけど？」

桐が確認するような視線を峻也に向けてくる。

峻也はなにも話していないので、それは藤に聞いたのだろう。ベタベタした双子ではないが、なにかとよく話はしている。しかしその後の話は藤のいないところでだったから、知らないのは当然だ。

「……桐に話すようなことでもないというか……昨夜はすごく忙しかったんで忘れてたというか……」

ぼそぼそと言ってみた。言い訳する必要はないはずだと思っても、言うまでこの強い視線が離れないのだとわかっているから。

「忘れてたんだって。峻にとってはその程度のことだったらしいよ、先輩」

「おい、桐！　そういうことじゃ……」

慌てて否定しようとしたが、

「いいよ、別に忘れてても。改めて誘うから。よかったら連絡先を教えてくれるかな」

あくまでも近江は穏やかな態度を崩さず、携帯電話を取り出した。

「あ、はい、それは」

連絡先を交換する間、桐はなにも言わなかったけど、明らかに不機嫌のオーラを立ち上らせていた。

「じゃあまた連絡するから」

近江は桐をきっぱり無視してさわやかに去っていった。

「なんか、なんか気にいらねえんだよ、あいつ。サッカーはそこそこ巧いし、チームの中では、一番使える奴なんだけど……。腹ん中が見えなくてモヤモヤする。なんでおまえが仲よくなるんだよっ」

子供っぽい八つ当たりだが、桐の言っていることはなんとなくわかった。

近江は誰にでも本音を明かすタイプではない気がする。でもそれは、ひとりで世の中を渡っていくために身につけなければならなかったことじゃないだろうか。桐のように自分に正直でいられるのは、護ってくれるものがあるからだ。

どちらがいいとも悪いとも一概には言えない。

「なんでそんなことで俺が怒られなきゃならないんだよ。いいだろ、別に。おまえに仲よくしろなんて言わないから」

「でもムカつくんだよ」

自分で整理できていない思いまでぶつけてくる。桐は少しくらい思いを自分の腹の中に溜めるべきかもしれない。

「おまえ、早く行かないと間に合わなくなるぞ。教室遠いんだから。さっさと行け」

これ以上話してもガキのようにごねられるだけだ。素っ気なく追い払う。

しかし、不満も明らかに去っていく後ろ姿を見送っていると、自然と口元に笑みが浮かんでくるのだ。兄弟でなければああいう桐を知ることはなかっただろうと思えば、運命に感謝したくなる。

今は峻也が付き合う人間にいちいち口を出してくる桐だが、いつかそんなのはどうでもよくなって、ひとりの女性を大切にするようになるのだろう。

できればそれは美姫であってほしいと思う。他の女性なのはなんとなく嫌だった。

今に満足しているから、あまり波風は立たないでほしいと思ってしまう。

たぶん近江は少しばかり懐かしかっただけだろうから、何度か呑めば気が済むだろう。桐が気に入らないという顔をするのを楽しんでいる、というのもある気がする。きっと、たいした波風にはならないはずだ。

保守的で消極的な自分が好きではない。だけど……前に進んで失うのは怖い。

いつまでもこのままというわけにはいかないこともわかっているのだけれど——。

三

「野郎ども！　行くぜ、行っちゃうぜー！」

玄関ホールで、無駄にテンション高く寛吉が吠える。

青いつなぎの作業服姿。峻也も同じものを着て、自分の部屋を出て階段を下りる。藤も同じ格好。桐だけが私服だ。

「やっぱりこういう服はお兄ちゃんが一番似合うね」

美姫が同じ服の三人を見比べて言う。

「庶民だからな」

とりあえず胸を張って言っておく。似合うというのはつまり、この中で一番作業員っぽいということだ。

寛吉も似合うと言えば似合うのだが、サイズが合っていない。両袖、両裾をかなり折り返している。

藤は作業服のカタログでポーズを決めているモデルのようで、スタイルはいいが、かなり違和感がある。帽子を深く被《かぶ》って違和感を和らげようとしているようだが……。

「……桐？」

峻也は作業服を着ている方をマジマジと見て声をかけた。

「あれ、もうばれたの？　早かったな」

帽子を取ってニヤッと笑う。そのいたずらっ子のような表情は間違いなく桐だ。私服を着ている方を見れば、

「喋るまでくらいは、だまされてくれると思ってたんだけどね」

そう言って口の端をスッと持ち上げる。涼しげな笑みは藤のいつもの表情。

「なんで？　桐だろ、社長の娘を足止めする役目は……」

わけがわからない。寛吉も眉を寄せているので知らなかったのだろう。美姫は驚いた様子もないが、最初から知ってたわけではないはず。ただ美姫は昔から桐と藤を間違えたことがない。なぜわかるのかと訊いたら、なぜ間違えるのかわからないと言われた。美姫の視界は普通の人とは少し違っているのかもしれない。

「桐が嫌だって言うから、代わった」

「代わったっておまえ……」

今日は盗難壺奪還ミッション決行の日だ。

対象の不動産会社の社長が今日から夫婦で旅行に行くという情報を、桐が娘から仕入れて

きた。ありていに言えば、誘われたらしい。『今夜、家には私ひとりなの』と。だから桐は誘いに乗って堂々と家に入り込み、峻也たちの侵入を手引きし、壺をすり変えるという計画だった。

「もう、うんざりなんだよ、あの女。頭も尻も軽い女で、情報収集のためには優良物件だったけど、話してると胸焼けしてくんだよ。自分は高嶺の花で、周りは下僕。抱かせてあげてもいいって何様なんだか。もうご機嫌とりなんて一言も出てこない。次に口開いたら、罵倒する、絶対」

「それで藤が代わったのか」

言い分には呆れたが、確かにやりそうで……代わったのは賢明な判断なのかもしれないと、少しだけ思う。

「罵倒されちゃ、すべてが水の泡でしょ」

そんな役を突然押しつけられて涼しい顔をしていられる藤の神経が、峻也にはわからなかった。

「でも気づかれたら……。おまえら昔ほど似てないぞ」

二人を見比べて言う。藤は髪を少し切って、普段の桐と同じ髪型にセットしている。眼鏡を取ってしまえばそっくりなのは確かだが、頬の削《そ》げ具合や、目尻のしわの寄り方といった微妙なところに違いが表れる。日焼けした肌の色や、なにより表情が一番違う。

「峻は昔を知ってるからそう思うんだって。簡単に見抜かれるようなヘマするかよ、この俺が」

ニヤッと笑ってそう言ったのは藤なのに、確かに一瞬桐に見えた。

互いを一番よく知っているのは互いで、違いもよく心得ているから、似せることもできるのだろう。桐にそれができるのかは謎だけど。

「さすがというか、なんというか……。おまえらに騙《だま》されまくった昔を思い出したよ」

子供の頃は似せようとしなくても似ていたから、自己申告を信じるしかなかった。それが二人して嘘をつくからたちが悪いのだ。

「見事に騙してみせるよ。桐のまねは久しぶりだけど」

「大丈夫。そんなの気づくような洞察力に優れた女じゃねえよ」

藤は余裕の顔だし、桐も心配するそぶりもない。しかし峻也は不安を拭《ぬぐ》えなかった。

「でもほら、女の勘とか言うだろ」

「心配性だな、峻は。大丈夫、勘を働かせる隙《すき》なんて与えないし、それでもいいかって思わせるから」

藤はそう言って、食い下がる峻也の肩に腕を回し、至近距離で妖しい笑みを浮かべてみせた。

「なっ、おまえ、藤……？」

見た瞬間に胸がゾワッとするような、平素の藤からは考えられない表情。桐とも違う。大人っぽくて、流し目がなんというかエロくさくて……ドキドキしてしまった。

藤はそのままスタスタとシューズケースの方へと歩いていく。代わって桐が横にやってきて、藤と同じように峻也の肩に腕を回した。

「心配すんなって。最近はまったく遊ばなくなったけど、ちょっと前まで俺よりあいつの方が遊んでたんだから。同じ顔なら藤の方が優しくて女扱いも巧いって言われてたんだよ」

自分と同じ後ろ姿を見ながら桐が言った。若干不満そうに。

「そうそう。桐くんは格好いいけど、怖〜い。って、言われてたよな」

寛吉が寄ってきて言う。

「うっせえ、猿吉」

これが一学年の差なのか。同じ高校に通っていて、二人がもてることはもちろん知っていたけど、藤がそこまで遊んでいるなんて話は知らなかった。それとも自分が卒業してからのことなのか。思えば帰りが遅いことは多かったけれど。

藤はそんな話など興味もないという顔で、少し離れてみんなが来るのを待っている。

「大学入ってからフィギアオタクまっしぐらだもんな。遊びすぎて現実の女に嫌気が差しちゃった？」

寛吉が藤に問い、

「うっせえ、猿吉」

藤が桐と同じ口調で答えた。実にそっくりだ。

藤が女遊びをやめてフィギアにのめりこんでいる理由は、たぶん女が問題なわけではない。現実逃避という側面はあるかもしれないが、現実を見ているからだという気もする。

「おかげで今や、怖～い桐くんが人気独り占めなわけだ」

寛吉は懲りもせず話を続ける。

「おまえ、藤が引退したからしょうがなく俺、みたいな言い方すんじゃねえよ。……女にもてるのなんてどうでもいいけど、負けてるみたいなのはなんかムカつく」

言いながら桐は峻也の首をぐいぐいと絞める。

「なんで俺……苦し」

「ああ、悪い。ちょうどいい細さだったから」

解放されて息を吐く。ちらりと桐の腕を見て、そして自分の腕を見て、今度は深い溜め息を吐く。特に華奢なわけではないはずなのだが、桐の筋肉が隆起した腕と比べると鍛えようが足りないのは認めざるを得なかった。

しかしその頼りない腕に、さらに白くてしなやかな指が巻きついてくる。

「お兄ちゃん、気をつけてね。なにかあったら寛ちゃんたち置き去りにしてきていいから、美姫のために帰ってきてね」

置き去りになど絶対にできない峻也の性格をわかって、わざと言っているのだろう。

「美姫ちゃーん、なんで俺を筆頭に出すかな。俺が帰ってこなかったら寂しいっしょ？」

寛吉が哀《かな》しそうに言う。

「ごめんね。私、お兄ちゃんがいれば生きていけるから」

美姫はにっこり笑って返す。

「うおお、こんなに愛してるのに、どうしてお兄ちゃんに勝てないんだーっ」

寛吉は頭をがりがりと掻《か》き毟《むし》りながら嘆く。

「美姫、俺がしっかりお兄ちゃんを護ってやるから、チュウして」

桐が美姫に向かって頬を突き出し、寛吉が「なにぃ!?」と、桐を睨みつける。二人の美姫を挟んだやり取りはもうコメディのお約束のようなもので、誰も本気にはしない。

「桐くんがお兄ちゃんを護るのは当然じゃない」

美姫も二人のやり取りはさらっと流し、峻也にくっついたまま言い切った。

「美姫、おまえ年々可愛げがなくなっていくな……」

「おかげさまで」

美姫はしたたかに微笑む。桐にこういう対応をする女は、確かに美姫くらいかもしれなかった。それなりに楽しそうなのでいいのだが、この二人がはたしてこれから恋人同士になれるものなのか、いまいち想像できない。

玉砕仲間だと、寛吉が桐に握手を求め、拒否される。

「それじゃ、本日の号令は一番気合いが必要そうな藤にお願いしようか」

峻也が言うと、藤はニヤッと笑った。

玄関ホールで五人はぐるりと円陣を組む。

「ご指名により。それでは……」

藤は喉の調子を整えるように一拍置き、

「ハニーちゃん入れ替え大作戦！　行くぞ！」

「おー！」

「無事に帰るぞ！」

「お――！」

家の隅々にまで声が響き渡る。

円陣はミッションに出かける時の儀式になっていた。以前、危険そうなミッションに赴く時に、みんなあまりにも気が抜けているように感じて、峻也がやろうと言い出したのだ。気合いを入れるために。そしてなにより揃って無事に帰ってこられることを願って。

「藤、その号令は気が抜ける。ハニーちゃんってなんだよ」

寛吉のブーイングはもっともだ。気合いが半笑いになってしまった。ハニーちゃんというのは、藤が偽物の壺の裏に描いた美少女の名前らしいが。

「みんな気をつけてね」

美姫の笑顔の見送りが、一番帰ってこようという気を湧《わ》かせるかもしれない。

「じゃ、行ってくるから。美姫も今日はひとりだから気をつけろよ。誰か来ても出なくていいからな」

「お兄ちゃん、私幼稚園児じゃないんだから。心配しすぎ」

笑われて少し恥ずかしくなる。だけど美姫を心配するのは、元々の心配性に小さい頃からのいろいろな刷り込みがプラスされて、本能にも近いレベルになっていた。

「おし、野郎ども、乗り込め！」

寛吉がワゴン車のドアを開け、大きな声を上げる。

一応全員免許はもっているが、たいがい運転は寛吉の担当だ。ミッション中の役割として、運動神経がいまいちの寛吉は、車内待機や見張りということが多く、効率を考えると自然にそうなることが多くなった。運動がダメでも、運転はそこそこ巧い。

ワゴン車はすっかり日の暮れた町の中へ走り出す。車内には電気コードや資材などが本物さながらに積まれていた。

「この車、どうしたの？」

峻也は後部座席から、車を用意してきた寛吉に問いかけた。

「今日の段取りは昨日のうちに宗次郎さんに連絡してたんだけど、昼に会社に呼び出されて、これを使えって渡された。作業服も一緒に。俺だけ微妙にサイズ合ってないけどなっ」

寛吉は説明し、袖の折り返しを不満そうに見る。

「おまえにぴったりのサイズって特注だろう、猿吉。腕が短すぎんだよ。猿って腕は長いんじゃなかったっけ」

助手席の桐がそれを見てからかう。

「俺を猿の標準に当てはめるんじゃねえ。俺は腕の長さ分の細胞を、脳に費やしたんだ」

「足の短さは猿標準だけどな」

「うるせえ。おまえなんか、見栄えだけだから美姫に軽くあしらわれるんだよ」

「まるで自分が相手にされてるような言いぐさだな」

前の座席では桐と寛吉がいつものごとく、喧嘩のような、じゃれ合いのような掛け合いを始める。緊張感なんてものは一切ない。

「藤、本当に大丈夫か？　なるべく早く終わらせるから頑張れよ」

隣で壺の箱を抱えている藤の浮かない表情に、やっぱりいざとなると不安なのかと声をかけてみたのだが。

「どうしてもきれいな肌色が出せなかったんだ……でもしょうがないよな」

ただ単に偽物の壺のできが気に入らないだけのようだ。しかも肌色ということは、裏面に遊びで描いた美少女の着色か。失敗したら前科者になるという覚悟や気構えは、自分以外の誰にも、どこにも感じられなかった。

そもそも今回は、必ずしも代わりの壺など置いてくる必要はなかったのだ。ダミーを置いておいた方が盗まれたことに気づくのが遅れる……かもしれない、と藤が言い出して、壺のデータを揃えて勝手に作りあげた。ただの藤の趣味だと言っても過言ではない。

盗人が箱を開けてガックリ来るだろう様子を思うと小気味いいのは確かだが。

「藤ぃ、キレんなよ。あの女、たいがいきついぞ。『私はそんなつもりないのに、男はみんな私をちやほやするのよね』みたいなのをいちいち匂わせてきて、調子合わせてると、どんどん図にのるから」

助手席から桐が振り返り、愚痴のような忠告をする。

「大丈夫。我慢強さで桐に負けるわけないよ」

「てめぇ……俺だってすっげぇ我慢したっちゅうの。でもこう、有無を言わさず矯正したくなるんだよ。次に顔を見たら絶対、あの中身のないプライドを木《こ》っ端微塵《ぱみじん》に粉砕するぞ、俺は」

桐は憎々しげに言って拳《こぶし》を握った。

「……よっぽどだったんだな」

「よっぽどだったんだよ」

桐と藤はそのやり取りですべて了解しあったようだ。しかし峻也は一言釘を刺さずにはいられない。

「でもな、こっちの都合で利用したんだから、傷つけるのはナシだぞ」

我ながら鬱陶《うっとう》しい性格だと思う。高校生くらいまでは弟たちに「ウザい」とよく言われた。最近はみんなが大人になったので、キレられるようなことはなくなったけれど。

「そう簡単に傷つくタマじゃねえよ。いっそ言い逃れできないくらい無残にふられて傷ついた方が、あの女のためだ」

桐が不満そうに反論してくる。

「ためにならなくていいから、なにもするな」

「えー、俺がせっかく親切心で……」

「絶対違うだろ」

そんなことを言い合っていると、車が停《と》まった。

「藤、ここから歩いて行って。おまえがこの車から降りるの見られんの、あんまりよろしくないから」

言われて藤は、抱いていた壺の箱を峻也へと渡す。

「バイバイ、ハニーちゃん」

名残惜しそうに別れを告げたのは、壺の裏にある美少女に向けて。これから初対面の女性の相手をしながら、侵入の手引きまでしなければならないというのに、まったく余裕だ。

「合図忘れるなよ、藤」

「キレんのは、俺たちが脱出してからにしろよー」

同じく余裕の男達は呑気《のんき》に送り出す。

「慎重にな、藤。もしなにか、ヤバイ時は無理せずに――」

峻也は壺の箱を抱きしめて心配性を発動させようとしたのだが、藤の人差し指がスッと口の前に突き出され、

「ハニーちゃんをよろしく」

甘い笑顔で黙らされる。

ドアが閉まり、ゆっくりと歩いていく藤の背中を峻也は呆然《ぼうぜん》と見送った。

「うわー、タラシ男モード全開って感じだったな、今のは」

寛吉が呆れと感心半々という口調で言った。

「すげーな。俺、落とされそうになった……」

普段のクールな表情とのギャップは、かなりクるものがある。言葉を失ってしまったのをごまかすように峻也は呟《つぶや》いた。

「ああん？　あんなんで落ちるのか。お手軽だな」

桐に強い口調で責められる。

「なに怒ってんだよ、冗談だろ」

どこが怒りどころだったのかわからず怪訝な顔を向ければ、桐はフイッと前を向いた。

車で周辺を流し、頃合いを見計らってターゲットの家の近くに停車する。藤からの連絡が来るまでここで待機だ。

ほどなく玄関の鍵は開いていると電話連絡が入る。

「あいつすげーな。あれ女の目の前で電話かけてんだぜ。開いてるから入ってろよ、ってさ。後ろで女がキーキー言ってた。桐より適任だったかもな」

寛吉が電話を切って、今度は心底感心したように言う。

「俺だっていろいろ情報集めてきただろうが。いつも藤はいいとこ持っていきやがる」

桐はブツブツ文句を言うが、自分で蒔《ま》いた種だ。

「おまえが藤に行かせたんだろ」

当然のように寛吉に突っ込まれる。

「そうだけど……。……峻、どうしたんだ？」

黙り込んでいた峻也に気づき、桐が声をかけた。

「……俺は、藤を見失いそうだ……」

藤は昔から桐と一緒にいたずらをしてはいたが、それは桐がするなら一緒にやるという感じで、自分から率先してやっているわけではなかった。本来は物静かで、どちらかというと内向的な男だと思っていたから、兄弟の中では一番親近感があったのだ。女の扱いを不得手としていそうなところでも。

それが……。

自分が知らない面があっただけで、本質的なところは変わらないのだろうが、知らなかったことにショックを受ける。なにもかも知っているなんてあるはずないのだけど。

「おまえ、本当に知らなかったんだな。ていうか、藤が巧くやってたんだよなー。峻にばれるとうるさいから。あいつは要領がいいんだよ」

口うるさく言われるのが面倒だから故意に隠されていたのかと思うと、また違う意味で落ち込む。

「双子でもそのへん真逆だよな。おまえはなんでも峻にばれて説教くらう」

「うるせー。俺は好きでやってんだ」

言ってから桐がマズイという顔をした。

「へえ、おまえ峻に説教されるの好きなんだ？」

すかさず寛吉が突っ込んでくる。

「違う、そういう意味じゃねえよっ」

「ほう、どういう意味？」

慌てる桐が楽しいのか、寛吉は執拗《しつよう》に追及する。

説教されるのが好きなんてあるわけない、と峻也は少々やさぐれながら思った。桐は隠すのが面倒なだけだ。

「うるっせえよ。ほら峻、早く行くぞ。グズグズしてると藤がキレるだろ」

桐は逃げるようにカモフラージュの工具箱を手に車を出る。ほのかに耳の辺りが赤いのは、怒っているせいなのか。峻也も壺の箱を抱いて車から降りた。

「じゃあお二人さん、慎重に任務を遂行してくるように。俺はここで見張ってるから」

窓から顔を出して、寛吉は桐の方をニヤニヤと見ながら言った。

「見張りくらいちゃんとしろよ。猿のくせに運動神経切れてるんだからよ」

寛吉の方は見ずに桐は言い返す。

「俺の才能は頭脳労働に特化してんの」

寛吉は怒りもせずにそう返した。

峻也はそれどころではなく、緊張していた。すでに頭の中では、電気工事の人らしくしてないと……などという気構えでいっぱいだった。道を渡りながらさりげなく周囲を見回し、人通りがないことを確認する。

「こそこそしてっと、よけい目立つぞ」

「え、俺こそこそしてる?」

「かなりな」

桐に言われてそれはいけないと背筋を伸ばす。

「峻……無理して付き合わなくてもいいんだぞ。俺たちはおもしろがってやってるけど、本当は嫌なんだろ？　これくらいは俺ひとりでも——」

「ダメだ。おまえひとりでなんて行かせられるか」

桐なりに気を遣って言ってくれたのだとわかったが、その提案は呑めない。待ってるだけなんて、心配で不安が膨らんでいてもたってもいられなくなる。危険ならなおのこと一緒がいい。なにもできないけど。

「足手まといにはならないよ」

桐は溜め息をついて門の前に立ち、背丈ほどの門扉を押した。デコラティブな装飾がされた鉄の門扉は、なんの抵抗もなく開く。テラコッタタイル敷きのアプローチを抜けて玄関へ。真っ白なドアは見るからに重厚そうで、脇には警備会社のステッカーが貼られている。しかしこれがフェイクであることは、桐が事前に聞き込んでいた。

ドアを静かに開き、中に入る。

ここで見つかれば間違いなく不法侵入の犯罪者だ。考えれば気が重くなるが、峻也も心配だから嫌々やっているばかりではなかった。してはいけないことを一緒にするのは、秘密を共有しているという、強い結束力や一体感を生む。そういう感覚は好きなのだ。

誰かと強く結びついていられる、血の繋がりではない絆《きずな》がある——それは峻也にとって、かけがえのない安心感をもたらしてくれることだった。

他のみんながどういうつもりでミッションをこなしているのかは知らない。ただおもしろがっているだけで、嫌になったらあっさりやめてしまうのかもしれない。

だけど峻也は、自分がそれを言い出すことはないだろうと思っていた。いくら困っている人のためだと義賊を気取ったところで、法を犯していることに変わりはないのだし、いつかは終わりが来ることだとわかっている。だけど自分から絆だと思えるものを手放すことはできない。

慎重に階段を上がり、前を行く桐が右に曲がろうとして慌てて止める。そっちは娘の部屋だ。背中を摑《つか》んで反対方向へ。突き当たりの黒いドアを開ける。

中はマホガニーのデスクが鎮座する書斎。その横に大きな耐火金庫もある。ここまでは当初の計画通り。峻也はドアを閉めて周囲を見回し、ホッと息をついた。

「おまえ、間取りを頭に入れてたんじゃないのか？」

小声で桐を非難する。

「まあ……俺は勘で生きてるからな」

「死ぬぞ、おまえ……」

ひとりでも大丈夫なんて、どの口が言ったのか。娘の部屋で桐と藤が鉢合わせなんて、最悪の事態だ。二人なら適当にごまかしそうな気はするけれど。

「しかし、この家は本当に不用心だな。自分は盗んだくせに、自分のものは盗まれないとでも思ってるのか？」

部屋のドアには鍵もかかっていなかったし、金庫の周囲に防犯カメラらしきものも見当たらない。

「娘がアホなら、親父もアホなんだろうよ」

「こっちは助かるけどな」

金庫の鍵はその上に掛かっている絵画の裏。ボタン式セキュリティの解除番号は娘の誕生日。

「いかに親父が間抜けで、自分が甘やかされているか、力説してくれたからな。本人はいかにパパが優しくてお金持ちで私を愛しているかを自慢したつもりだったんだろうが」

あっさり金庫は開いて、中には書類や現金、そして大小の桐の箱が十個ほど。

「この中にいくつ盗品があるんだろ」

「さあな」

とりあえず大きさが同じくらいの箱を抜き出し、桐が蓋を開けた。

「おお、一発で当たり～」

ビロードの布をめくれば、現れたのは藤が作ったのとそっくりな壺。横に偽物壺を置いて見比べてみるが、色味も形もパッと見では同じに見える。よく見れば質感や細部の模様が違うし、裏返すとハニーちゃんが微笑んでいるという決定的な違いがあるわけだが。

「藤ってすごいな」

今日は藤の魅力を再確認する日のようだ。

「暇なんだろ」

藤を褒めると桐がむくれるというのは昔よく見た構図。

壺を箱ごとすり替えて元の場所に戻し、金庫を閉める。すべて元通りに。本物をしっかり抱きしめて足早に部屋を出る。

階段を下りているとフッと藤のことが気になって、峻也は足を止めた。振り返るがもちろん中は見えないし、覗くわけにもいかない。ここで心配していても仕方がないと、前を行く桐を追おうとしたのだが。

思い切りよく足を踏み出しすぎた。踏み板を踵《かかと》だけでとらえ、ずるっと滑る。

「あっ……」

瞬間的に思ったのは壺を護ることと、下にいる桐を巻き込まないこと。ギュッと箱を抱きしめ、とっさに桐を避けるように身を捻《よじ》った。階段はあと五段ほど。このまま落ちればなんとか——。

目を瞑って、硬い衝撃を身に受ける覚悟をしたのだが、しっかりとした温もりに包み込まれて、ハッと目を開ける。目の前に、避けたはずの桐の横顔があった。

桐は片手で峻也を抱き、片手で手摺《てす》りを握って、勢いで一緒に落ちそうになるのを堪《こら》えて

いた。

「ご、ごめん」

峻也は激しく動揺しながらも小声で謝り、慌てて桐の腕の中から抜け出した。

目が合うと、桐は怒ったような顔で峻也の腕を引く。

「とにかくすぐ出るぞ」

桐が峻也の体を抱き留めた時、手摺りに当たってドンッと鈍い音がしていた。バタバタと足音もしたはずで、いくら危機感に欠ける娘でも、無人のはずの家でこれだけ音がすれば、さすがに気になるだろう。

引かれるまま、箱を抱きしめて家を飛び出す。そのまま走って車に飛び込んだ。

「おう、おけーり！　……ん？　どうした？」

笑顔で迎えた寛吉が、ふたりのただならぬ様子に顔をしかめる。

「とにかく、すぐ出ろ」

桐が言うと、寛吉は表情を引き締め、すぐに車を出した。

「……ごめん、桐」

峻也は真っ青になって助手席の桐に謝る。だけど答えが返ってこなくて……自己嫌悪で泣きそうになった。

足手まといにはならないと大見得を切っておきながら、とんでもない失態を演じてしまった。

迷惑をかけたのは桐だけじゃないだろう。藤はどうしたのか。部屋から誰かが出てきた気配はなかったが、音が聞こえなかったということはないはずだ。

「なにがあった？」

運転しながら、寛吉が珍しく神妙な声を出す。

「俺が階段を踏み外してしまって……桐が助けてくれたんだけど、その時に音がして……。藤、大丈夫かな」

峻也は箱を抱いたまま、自分の両腕をギュッと握りしめる。桐は黙って前を見据えているだけ。

「藤ならなんとかしてるだろうと思うけど……壺は？」

訊かれてハッと腕の中を見る。横の座席に置いて恐る恐る蓋を開けた。見たところ特に異常はない。

「なんともない……みたいだけど。家に帰ってからちゃんと確認しないとわからないな」

動いている車中で取り出すのは危険だ。蓋をしてまた抱きしめる。

ほどなくして車は家に帰りついた。時刻は夜九時。美姫も部屋から出てきたが、常にない暗い雰囲気に戸惑って、ソファの隅の方に腰かけた。

峻也はリビングのテーブルの上で箱を開け、壺を確認する。取り出してみてもヒビや割れは見当たらなかった。ひとまずホッとして箱に戻す。

「桐……本当にごめん。慎重にって人に散々言っておきながら、俺が迂闊《うかつ》で……」

ムスッと腕組みをしてソファに座っている桐に、峻也は立ったまま、もう一度謝って頭を下げた。あれからまだ一言も口をきいてもらってない。

「峻……」

やっと声が聞けたが、いつものおどけた調子はどこにもなかった。

「俺がなんで怒ってるのかわかってないだろ」

無理に抑えたような低い声に、桐の怒りが伝わってきてビクビクする。が、逃げるわけにもいかない。

「それは、俺があんなところで気を抜いて、迷惑をかけ……」

己のミスをもう一度並べ立てようとしたのだが、途中で桐の怒声に遮られる。

「違うだろ！　なんであんな変な体勢で落ちようとしたんだよ？　どうせ峻は、壺を護ろうとか、俺を巻き込まないようにとか思ったんだろ⁉　それがムカつくんだよっ。俺は護るって言ったのに――」

立ち上がった桐の全身から、怒りがほとばしる。だけどその顔はどこか泣き出しそうにも見えた。

怒らせた。傷つけた。それはわかるけど、どう返せばいいのかがわからない。桐の言う通りのことを思ったけど、それのなにが悪かったのか。確かに桐はお兄ちゃんを護ると美姫に約束していたが、あんなのは戯《ざ》れ言《ごと》だと思っていた。

「あのくらいの高さなら、俺だけ落ちる分にはたいしたことないと思ったし……」

桐を巻き込めば怪我《けが》をさせる可能性が高かった。一瞬の判断だったけど、今でもそれが間違っていたとは思えない。

「だから、そうじゃなくてっ、とっさにだったらまず自分を護れよ！　俺を避けるんじゃなくて、手を伸ばせよ」

苛々《いらいら》と桐が言う。

「でも……」

巻き込むなんてできるはずがない。

なにを言っても怒らせそうで、言葉が出てこなくなった。

「壺なんかより自分の体を大事にしろって、俺も思うよ。それに……まったくあてにされないってのは、正直寂しいもんだぜ、峻」

寛吉が真面目な顔で桐の意見に荷担する。

二人が自分を大事に思ってくれているのはわかる。だけど二人がかりで責められているように感じて辛《つら》くなった。

「ごめん」

「わかってねえくせに、その場しのぎで謝るな」

桐は吐き捨てて、足取りも荒くリビングを出て行った。その言葉が一番胸に突き刺さる。

「まあ俺は、峻だからしょうがねえ、で納得できるけど……あいつはそれじゃ割り切れないんだろ。もうあんまり気にするな」

立ちつくす峻也の肩を軽く叩《たた》いて、寛吉も出ていった。自室に戻ったのか、桐をフォローしに行ったのか。

「お兄ちゃん、座ったら」

美姫が自分が座っているソファの横を叩く。

「いや、俺は……」

ひとりになってとことん落ち込みたかった。

桐はきかん気だけど、あそこまで本気で怒ることは珍しい。それに峻也に対してはわりと従順だったから、余計にダメージが大きかった。打ちのめされて弱っている自分を、美姫には見せたくない。

「いいから。……お兄ちゃんが人を頼らないのは私のせいだよね」

「そんなことは――」

言い返そうとして、美姫の笑みを見て困惑する。慈愛に満ちた優しい表情は、観音様か……母親のようだと思った。まだ高校生、子供だと思っていたら、いつの間にこんな表情ができるようになっていたのか。

なんだか力が抜けて、美姫の横に座り込んだ。

ずっと小さい頃の思い込みのまま、少しも成長していなかったのは、自分だけなんじゃないのか。

「本当……ダメだな、俺は……」

「ダメじゃないよ、お兄ちゃんは。もうちょっとダメになった方がいいんだよ」

言われた意味がわからずに美姫を見る。

もうお風呂に入ってパジャマ姿で、寒がりなので上着を引っかけて靴下も履いている。髪はふたつに結んで、頬は健康そうなピンク色。

小さい頃は靴下も自分が履かせてやったし、髪も結んでやった。そんなことを思い出すのは、自分の存在価値が揺らいでいるせいかもしれない。

「私はお兄ちゃんにも護られる気持ちよさを知ってもらいたいなあ。それに関しては私、お兄ちゃんよりずっとよく知ってるよ。子供の頃から、いっぱい護ってもらったから」

「全然だよ……。辛い思いをいっぱいさせた。覚えてないかもしれないけど」

「覚えてないことなんてどうでもいいのよ」

美姫はニコッと笑って、なにを思ったか少し距離を置き、峻也の体を自分の方へと倒す。さらに峻也の頭を押さえつけ、自分の太腿《ふともも》の上にのせた。

「な、なに、おい⁉」

峻也は驚いて体を起こそうとしたのだが、上から強引に押さえつけられる。

「ダーメ。ちょっとおとなしくしてて」

「で、でもな、これはちょっと……勘弁してくれないか、な」

落ち着かないどころではない。膝枕《ひざまくら》なんて生まれて一度も、誰にもされたことがなかった。しかも妹にされるというのはまた複雑な気分で……ものすごく、逃げ出したい。

「ダメよ。お兄ちゃんはもっと人に甘えるってことを学習すべきなの。おとなしくしてないと、あの壺割っちゃうからね」

「み、美姫……」

本当にやりそうだから怖いのだ。平気な顔でとんでもないことをやってのける美姫に、何度驚かされたことか。どこで育て方を間違ったのかと嘆いたこともあったけど、美姫のやることにまったく意味がなかったことはない。

だから居たたまれなさと葛藤《かっとう》しながら、なんとか受け入れる。

「こんなとこ見たら、桐くんはまた怒るだろうなぁ」

美姫がボソッと言った。間違いなく怒るだろうと峻也も思う。俺だって美姫にそんなことしてもらったことないのにと、蹴《け》り飛ばされるかもしれない。桐がしてもらったことがあるかどうかは知らないのだが。

「気になるならやめとけよ。俺はライバルの数のうちには入ってないと思うけど」

この体勢はなんだか戦意や敵意といった攻撃的な気持ちを喪失させる。なんだかほんわりと甘ったれた気分になるのだ。髪を撫でられると、優しい眠りに吸い込まれそうになる。

「違うよ。桐くんは膝枕をしたいの」

「したいって……、誰に？」

「お兄ちゃんに」

「は、はあ？　冗談きついぞ」

桐に膝枕される自分がまったく想像できないし、したくない。思わず起き上がりそうになったのだが、また強い力で押さえつけられる。

「ものの譬《たと》えよ。……なんとなくわかるのよね、私、桐くんの気持ち」

「桐の気持ち……？」

それがわかるならぜひ教えてほしい。

「子供の頃からずっと、私はお兄ちゃんに護られてきたでしょ。それはとても心地よくて幸せだったんだけど、大きくなるにつれてそれだけじゃ足りなくなってきたの。お兄ちゃんがそういうの全然求めてない人だってわかってるけど、それでもやっぱり、好きな人にはなにかしてあげたいって思うじゃない。この気持ちはお兄ちゃんにもわかるでしょ？」

「……まあ」

いわゆるよけいなお世話というやつだ。してあげたい気持ちばっかりで、ついお節介が口をついて出る。鬱陶しがられても、やめられずに今日までできたので、求められなくてもなにかしてあげたくなるという気持ちはよくわかる。

「桐くんもそうだと思うの。してもらうばかりじゃなくて、してあげたい。護られるばっかりじゃなくて、護りたいって……。なのに、頼ってくれないばかりか避けようとされたんじゃ、悔しいし……寂しいでしょ。目の前でひとりで落ちていこうとするなんて、悲しすぎるよ」

もし桐が、目の前で階段から落ちそうになって……と考えてみる。壺を大事に抱えて、自分の手を拒絶するように落ちていく桐。それはひどく胸が痛む光景だ。

自分が護られることなんて考えたこともなかった。この家に来て、自分の家があるというだけで充分護られている気がしていた。だから自分は弟や妹を護る。それが自分にできる恩返しなのだと信じていた。

だけどそれは、ひとりよがりで傲慢《ごうまん》な思い込みだったのかもしれない。自分だけが護ってやっているだなんて。

「もうみんな……大人なんだよな。もしかしたら、俺よりずっと。心のどこかでわかってたけど、認めたくなかったんだ。置いていかれるのが怖かったのかもな。でも……そうか、護ってやろうとか思ってくれるんだ……」

美姫の膝頭の向こうをぼんやり見つめ、つぶやいていた。

不思議な気分だった。美姫にこんなふうに素直に、自分の想いや弱音を吐露したことはない。これもこの体勢のなせるわざなのだろうか。

もしかしたら、自分が助けを求めないのは、伸ばした手を摑んでもらえないことを無意識に恐れていたからかもしれない、なんてことに思い当たる。

「……桐にちゃんと謝るよ。ありがとう、美姫」

自分の弱さを認めて、やっと桐の心がわかった。

心を溶かしてくれたのは、美姫の髪を撫でる手の優しさだ。弱くてもいいような……そんな気持ちにさせてくれた。子供の頃には、笑みを失うほど傷ついていたこともあったのに、今の美姫はまるで母のような貫録すら感じさせる。

自分が護らなくてはならない子供では、もうない。それは美姫だけではないのだろう。

妹離れ、弟離れをしなくてはならないのかもしれない。

「でもね、お兄ちゃんはそのまんまでいいと思う。桐くんなんて、どうせ向こうが耐えられなくなるんだから、放っとけばいいんだよ」

美姫の顔が急に子供に戻って、少しホッとする。

「いや、ちゃんと謝るよ」

今度は怒らせずに謝れそうな気がした。

「真面目なんだから……。まあ、それでこそお兄ちゃんなんだけど。……私は時々独り占めしたくてたまらなくなるの。しばらくこうしてて」

太腿の上に頭を押さえつけられて、峻也は溜め息をついた。居たたまれないが、そう言われては無理に抜け出すのも忍びない。

「しびれるぞ、足」

「いいのっ」

いつかここに自分以外の誰かが寝ることになるのだろう。桐かもしれないし、寛吉かもしれない。他の誰かかも……。ちょっとした嫉妬心が胸に込みあげる。

――それなら今、ほんの少しの間だけ独り占めもいいか。

峻也は目を閉じて微笑む。美姫の願いだからなどと言い訳しながら、もう二度とないだろう貴重な時間を味わうことにする。

でも気がかりなのは藤のことだった。自分のせいで厄介なことになっていなければいいのだけど。桐にも謝りに行かないといけないし、それから……。

いろいろと考えていたはずなのに、いつの間にか目を閉じて……いつの間にか睡魔に攫《さら》われていた。

四

その日、テレビにはあどけない男の子の顔写真が延々映し出されていた。

「あの子、どうしたの？　お兄ちゃん」

七歳の妹に問われ、十一歳の峻也はなんと答えたものか思案した。

峻也たちのいる児童養護施設では、決められたわずかな時間しかテレビを見ることはできなかったが、それでも内容を把握してしまうほど、そのニュースは何度も繰り返されていた。

「悪い人に連れて行かれたんだって。みんなで捜してるんだよ」

結局そのままを簡単に説明する。

本当はもっと緊急で大変な事態だった。

急成長中の外食チェーン経営者の息子が誘拐され、その犯人が身代金を運んでいる途中で事故死し、子供の行方がわからなくなってしまった。生きているのか死んでいるのかさえも。

公開捜査になってからはまだ二日だが、誘拐されてからは四日が経っている。

母親が売れっ子デザイナーだったこともあって、朝からニュースもワイドショーもその話題で持ちきりで、国民総捜索員の様相を呈していた。

「見つかるといいね」

「そうだね」

峻也はそう答えたが、完全に他人事《ひとごと》だった。

誘拐された子供は確かに気の毒だ。早く見つかればいいと思う。だけど彼には泣きながら無事を祈ってくれる親がいる。帰る場所もある。今までだってきっと幸せに暮らしてきたに違いない。帰る場所は児童養護施設だけという自分たちまで心配してやる必要はないはずだ。

峻也はたったひとりの妹を護るだけで手一杯だった。

妹の美姫が生まれ、わずか三年で母親は病を患い逝ってしまった。父親はそれから酒に逃げ込むことが増え、少しでも気に入らないことがあると峻也に暴力をふるった。辛かったけど、それでも父親の存在は峻也の心の支えだった。できるだけの家事はしたし、妹の面倒も見た。父の気に障らないよう気を遣って十歳まで頑張った。

だけどある日、学校から帰ってきた峻也は信じられないものを見てしまった。

六歳の妹を裸にして体を撫で回す父。その意味がわからぬほど峻也は子供ではなかった。

峻也の顔を見ると、父はハッとした顔で、「美姫がおなかが痛いというから……」さすってやっていたのだと言い訳した。しかし美姫の顔には表情がなく、まるで感情を持たぬ人形のようで、その言い訳を鵜呑《うの》みにすることはできなかった。

ここのところ美姫の様子がおかしかったのも、自分が殴られることが少なくなったのも、このせいだったのだと峻也は直感した。

父はすごすご部屋を出て行き、無表情の美姫に、お父さんにああいうことをされたのは初めてかと訊いてみた。美姫はただ首を振る。いつからかと訊いてみたが、美姫は前からとしか言わない。年単位なのか、月単位なのかわからないけど、数日というレベルではないだろうと判断した。

峻也が虐待されていることは前に一度問題になっていて、児童相談所からなにかあったら連絡するように電話番号をもらっていた。峻也は迷いなくそこに電話して、施設に引き取ってほしいと話した。

相談所の職員から事情を訊かれた父は、そんなことあるはずないと否定したが、以前の虐待の件もあるし、ことがことだけに聞き入れられなかった。峻也も頑として帰らないと言い張った。

しばらくということで施設に入ったのだが、三カ月後に父が事故で亡くなってしまった。

自分から切り捨てたはずなのに、死んだと聞かされた時のショックは大きかった。

自分のせいかもしれない、と思った。父が死んでしまったのは、自分が捨てたからかもしれない、と。

父をひとりで死なせてしまったこと、そして美姫から父親を奪ってしまったことに罪悪感を覚えながら、だけど美姫の笑顔を奪った人を許すこともできなかった。

心にどうしようもない憂いを抱きながら、峻也はただただ美姫のために生きた。

施設での生活は、楽しいと言えるようなものではなかったが、特にひどい扱いを受けることもなかった。だけど家と呼ぶにはあまりにも事務的だった。すべてにおいて規則優先。比較的大きい施設で、棟は男女別に分けられ、美姫は未就学児ということでまた別の棟に入れられていたのだが、兄妹であっても気軽に会うことはできなかった。

だから峻也は、職員の目を盗んでは美姫を施設の裏山に連れ出し、一緒に過ごした。峻也にしか笑わない美姫が心配で、自由時間のギリギリまで美姫といた。

そうして一年が経って、小学校に入った美姫はかなり表情を取り戻し、話も普通にできるようになった。だけどやっぱり休みの日などは峻也にべったりで、峻也も友達と遊ぶより美姫を優先させた。

少年の誘拐報道があった日も、峻也たちは裏山へと向かった。特になにをするという目的があるわけではなく、木の実を集めてみたり、川遊びをしてみたり、その日の気分で時間を潰《つぶ》すだけ。

峻也はもうすっかり山の地形を頭に入れていて、どこに行っても帰ってこられる自信があった。地形や地理を覚えるのは昔から得意なのだ。

「今日はどっちに行ってみる？」

峻也は美姫に問いかけたが、美姫は裏山に足を踏み入れたところで不自然に立ち止まった。

「美姫？」

怪訝に思って声をかけると、美姫はおもむろに山頂の方を指す。

「あの子がいるよ」

どこかぼんやりとそんなことを言う。

「あの子？　……もしかして、あのテレビで見た子か？」

まさかと思いながら問いかければ、美姫はこくんとうなずいた。

「どこに？」

にわかには信じられず、しかし頭ごなしに否定する気にもなれなかった。

美姫になくした物を見つけてもらったのは一度や二度ではなかった。「あそこにあるよ」と美姫はこともなげに言う。父がどこにいるかも、近くにいれば確実に言い当てた。

美姫はさっき男の子の写真を見たから、わかるのかもしれない。嘘をつく子ではないし、きっと本当に近くにいると感じているのだろう。

峻也は美姫が指し示す方へと歩いた。助けを呼ぼうなどという気にはならなかった。美姫の力を晒《さら》しものにしたくなかったし、なにより言ったところで誰も信じないとわかっていたから。それに、美姫にだって勘違いはあるかもしれない。少年の家も誘拐されたのも隣の市だから、いる可能性は高いけれど……。

獣道をかき分けるようにして山頂に近いところまでやってきた。たどり着いたところには、小さな小屋があった。山の反対側からなら、ここに通じる道があったらしい。しかしその道も雑草に覆われ、軽自動車がやっと一台通れるほどの幅しかなかった。雑草には最近踏みつけたような跡がある。

「美姫はここにいて」

峻也は美姫を小屋の前の木陰に身を隠すように座らせる。中に誰がいるかわからない。なにかあったら逃げるように言って、峻也は慎重に小屋へ近づいた。

ベニヤ板を張り合わせたような引き戸に耳を当て、中の様子を探る。

ずるずると洟《はな》をすするような音。たまにヒックとしゃくり上げるような声もする。これはたぶん子供のもの。それ以外にはなにも聞こえない。

峻也はなおも慎重に、小屋の横に回って、ガラス窓から中を覗き込んだ。白くくすんだガラスの中は見えづらかったが、狭い小屋の中、壁にもたれかかった男の子がひとりいるだけで、他に人の姿は見当たらなかった。ガラス窓も引き戸もカギがかかっていて開かなくて、それを揺らしただけで、男の子は怯えたように泣き声を大きくした。

早く助けてあげないと——。

峻也は焦って、ガラス窓に石を投げつけた。割れた隙間から手を入れて鍵を外し、窓を開けて中に飛び込む。目が合った瞬間、男の子はピタリと泣き止《や》んだ。

印象的な大きな瞳。今は泣き腫《は》らして真っ赤だけど、黒目がちでとても意志が強そうに見えた。

小屋は板を打ちつけて建てたあばら屋といった感じで、毛布や空き缶や薪《まき》らしきものが散乱していたが、どれも埃《ほこり》を被っている。長く使われていなかったようだ。

ガラスの破片をじゃりじゃりと踏んでゆっくり男の子に近づく。真っ赤な目は、峻也の動きをじっと追っていた。ピリピリと警戒するように。しかしどこか縋るように。

男の子は両手を後ろでひとまとめに縛られ、それを柱にくくりつけられていた。横になったり起きたりくらいはできても、戸や窓へ近づくことはできないようになっている。

この子はここで、いったいどれだけの間こうしていたのだろう。事件の最初からなら四日、犯人が死んでからでも二日以上は経っている。男の子を見張る共犯者はいなかったのか。

室内にこもった臭《にお》いは、美姫のおむつを替えていた頃を思い出させた。用を足すのを我慢できないくらいの時間は過ぎたということだ。

峻也は男の子の背後に回り、縛られた縄をほどきはじめる。

「もう怖い人は来ないからね」

犯人は死んでしまったのだから——。

怖がらせないように静かに告げる。

逃げられないよう何重にも結ばれた縄はなかなかほどけない。ナイフなんて持っていないし、見回しても縄を切れそうな物はなく、峻也はひとつずつ辛抱強く解《ほど》いていった。子供の手に固い結び目は難敵で、指先には血が滲み痺《しび》れたようになって、こっちが泣きたくなってきた。

やっとほどけて、峻也はホッとしながら男の子の前に回った。手を取って縛られていたところをさすりながら、できるだけ優しく微笑みかける。

「もう大丈夫だよ」

言った途端に男の子の顔がくしゃっと崩れた。堪えていたものが噴き出したというように、急に大声で泣きはじめる。

峻也は驚いて、困惑して、目の前の細い体をギュッと抱きしめた。

泣く子をあやす方法はこれしか知らない。じっと抱きしめていれば、美姫はしだいに落ち着いて泣き止んでくれた。しかしこの子はなかなか泣き止んでくれない。

「大丈夫、大丈夫……僕が護ってあげるから」

言い聞かせるように繰り返し、小さな背中をさする。

護るなんてたいそうなことが、ただの子供でしかない自分にできるわけないということはわかっていた。今までもできることはたかがしれていて……。だけど、そう口にすることで自分を鼓舞してきたのだ。護ってあげようと思ったのは、この子で二人目。

男の子は、しゃくり上げながら顔を上げた。いやに強い瞳でじっと見つめてくる。力づけようとにっこり微笑んで、もう一度大丈夫と告げた。

その瞬間、真っ直ぐに自分を見ていた瞳がグラッと揺らぎ、糸が切れたように男の子は気を失ってしまった。

「え、きみ、どうしたの⁉　大丈夫⁉」

揺すってもピクリともしなくて、慌てる。どうしていいのかわからなくて、だけど顔を近づけてみると聞こえてきたのは規則正しい寝息だった。死んではいないと少しだけ落ち着いて、自分で運ぶべきか、誰かを呼んでくるべきか思案する。

しかしきっと、麓《ふもと》に下りている間に夜になってしまうだろう。さっき護ってやると言ったばかりで闇の中に置き去りにすることに抵抗があった。できるだけのことはしたい。

峻也はぐったりしている男の子を背負うことにする。試行錯誤して、やっと背中におぶって立ち上がれた時には汗だくになっていた。男の子が細くて軽かったのは幸いだった。

小屋の戸を開けると、木の陰からこちらを見ていた美姫が弾《はじ》かれたように飛び出してくる。

「お兄ちゃん！」

美姫も心細かったに違いない。兄の顔を見てホッとしたように笑った。

その顔が可愛くて、峻也も思わず笑みを返した。

「ごめんな、美姫。遅くなって」

「ううん。大丈夫なの、その子？」

美姫は峻也の腕を掴み、背中にある男の子の顔を見上げた。

「大丈夫。美姫が見つけてくれたからこの子は助かったよ。偉かったね、美姫」

頭を撫でてやりたかったけどそれはできなくて、でも美姫は嬉しそうに笑った。

美姫のこの能力を知っているのは峻也だけだ。別に美姫に口止めしているわけではないが、峻也以外に心を閉ざしている美姫は必要以上に人と口をきくことがなかったから、誰も知らなかった。

美姫を横に従えて山を下りる。

軽いとはいえ人ひとり背負うのは、まだ子供である峻也にはきつい仕事だった。日が暮れてくるにつれて、心細くなって、いろんな重さに押し潰されそうになる。

だけど、横と背中に護らなければならない人がいるから——。

歯を食いしばって歩き続けると、麓近くで軽トラックに乗った男性が声をかけてくれた。

荷台に揺られて警察までたどり着き、男の子を引き渡すと大騒ぎになった。

すぐに男の子は病院に運ばれ、峻也はその場で指の手当てをしてもらう。訊かれるままに名前などを答え、門限があるからと言うと施設までパトカーで送ってくれた。

それからしばらくは、施設でも学校でも注目を浴び、取材のマスコミも押し寄せ、峻也は辟易《へきえき》していた。なのに施設の職員にはマスコミがうるさいと嫌味を言われ、同室の奴には英雄気取りかと突っかかられる。

とにかく早く、みんなが事件を忘れてくれることを祈った。

そんなある日、峻也は園長室に呼び出された。ソファに座っていたのは園長と夫婦らしき男女。にこやかに微笑む顔に見覚えはなかった。

「峻也君、お礼に来るのがすっかり遅くなって。きみに助けてもらった佐倉桐の父です」

男性は立ち上がってそう言った。女性も立ち上がり、優しそうな笑みを向けてくる。

どうやらあの時助けた男の子の両親らしい。そう思って見れば、確かにテレビで見たような気もした。

「お礼なんていいです。僕はたまたま通りかかっただけで、特別なことをしたわけじゃないから」

マスコミに何度も言ったことを繰り返し、峻也は早々に立ち去ろうとした。しかし園長に呼び止められ、ソファに座らされる。

「峻也、佐倉さんご夫妻は君を引き取りたいと言ってこられたんだよ」

「引き取る？」

それがどういうことかすぐに呑み込めない。

「君は桐の命の恩人だ。身寄りがないと聞いて、君さえよかったら家に来てくれないかと思ってね」

佐倉父に言われ、それで峻也はやっと言われている意味を理解した。里親として引き取ろということらしい。しかしあまりに唐突で現実味がなかった。

「別に僕は恩人とかじゃないし……あの子を見つけたのは妹ですから」

「でも、君が背負って下りてきてくれたんだよね？　私はあの小屋まで行ってみたけどね、あんな山道を桐を背負って歩くなんて、すごく大変だっただろう？　並みの子供にできることじゃない」

佐倉父は特徴的な口ひげを指先で撫でながら、峻也をじっと見つめながら言った。心の奥まで覗き込もうかという強さを感じさせる瞳は、あの男の子のものとよく似ていた。

「もちろん妹さんも一緒に引き取るわ。私、女の子がずっと欲しかったの。絶対に可愛がるから、ね？　うちにいらっしゃい」

ほわほわとまったく重みのない口調で佐倉母が続ける。

欲しいとか、可愛がるとか、まるで取引される犬か猫のようだと思った。だけどたぶん、この女性に悪意はないのだろう。少女のように微笑み、どこかウキウキしているようにも見える。

「でも、僕はそんな……」

断りたいと思ったわけではなく、受け入れがたいという思いだけがあった。簡単に、じゃあよろしく、なんて言えるはずもない。自分と美姫の一生を左右する問題だ。

「峻也、いつも妹と一緒にいたいとごねていただろう？　ここでは規則でそれは無理だが、佐倉さんの家に行けばいつでもいられるぞ」

園長が横から口を挟む。どうやら園長は引き取られてほしいようだ。施設としては、人数が減るに越したことはないのだろう。いてもいいなんて言葉を期待していたわけではないが、こうも露骨に背を押されると、ここにいるとも言いづらくなる。

佐倉夫妻が悪い人には見えないけど、今会ったばかりのこの人たちをどうして信用することができるのか。実の父親にも裏切られたのに。

「美姫にも訊かないと……」

それを逃げ道に時間を稼ごうと思った。

しかし園長は、美姫もここに呼ぶように職員に言いつける。どうあってもこの場で決めさせるつもりなのか。つれられてきた美姫は、見知らぬ大人たちの存在に怯えたように峻也にくっついた。

「まあ、可愛い！　美姫ちゃん、おばさんはお洋服を作るのが仕事なのよ。うちに来ればたくさん可愛い洋服を着せてあげられるわ。おばさんと仲良くしましょう」

佐倉母は美姫を見てハイテンションで話しかける。美姫は峻也の陰から、きらきらと目を輝かせた女性を無言でじっと見つめるだけ。

「峻也くんは将来なりたいものとかあるのかな？　ここにいて、世話してもらえるのはせいぜい高校までだよ。うちに来れば大学にも、どんな学校にも行かせてあげられる」

その言葉に心が揺れる。自分よりも美姫のためにそれはとても魅力的な言葉だった。だけどやっぱり信じられないのだ。この人たちのことも、どうなるのかわからない未来の約束も。

「少し、美姫と二人で話をさせてください」

佐倉夫妻の了承を得て、誰もいない屋外に美姫を連れ出した。

「美姫、あのおじさんとおばさんは、こないだ助けた男の子のお父さんとお母さんで、僕と美姫を引き取って育ててくれるって言ってるんだ。美姫はどうしたい？　ここにいたい？　それともあの人たちの家の子になりたい？」

こんなことを小学一年生に訊くのはどうかと思ったが、意見を訊かないで決めるわけにはいかなかった。それに美姫は口数こそ少ないが、思慮深くて頭のいい子だ。ちゃんと考えることができるはず。

「美姫は行ってもいいよ。お兄ちゃんが行くなら」

あっさりと答えが返ってくる。

それは結局、峻也に任せるということ。決めなくてはならないのはやはり自分なのだ。信頼しきった瞳で見つめられ、峻也は責任の重さに困惑した。

「おいっ」

考え込んでいた峻也の耳に、突然大きな声が飛び込んできた。振り返れば、見覚えのある男の子。しかし今日は目も腫れてなくて顔色もすこぶるいい。

佐倉桐はあの日とは別人のように生気に満ち溢《あふ》れていた。

「おまえ、うちに来るだろ？　来るよな⁉」

まるで今日うちに遊びに来るかと友達に問いかけるような、重みのない口調。しかしその手はしっかりと峻也の腕を摑み、少し低いところから見上げてくる瞳には、あの日と同じ縋るような色が浮かんでいた。

「それは……」

いろんなところから答えを求められ、のしかかる重圧に耐えきれなくなりそうだった。

「来いよ、来ないと泣かすぞ！　ずっと苛《いじ》めるぞ！」

言いよどむ峻也を見て、今度はだだっ子のようにごねはじめる。歳は峻也よりひとつ下なだけのはずだが、峻也にはそれ以上に子供っぽく感じられた。

本来なら自分も、こんなふうに無責任に己の感情だけでものを言えたのだろうか。正しい決断をしてくれる大人がついていてくれたなら。

恨めしい思いが込み上げた時、桐が摑んだのとは反対の手に美姫が縋りついてきた。桐の攻撃的な言葉が怖かったのだろう。

右手に桐、左手に美姫。峻也は迷うことなく右を外し、左の手を握り返す。

「人を苛めるような奴とは一緒に住めないよ」

美姫を護るのが峻也の絶対優先事項だ。突き放すように言うと、桐の顔が一瞬泣き出しそうに歪《ゆが》んだ。その顔にあの日の顔が重なって、胸に痛みが走る。その場だけのつもりだったとはいえ、この子のことも確かに自分は護ると約束した。

しかし桐はすぐに表情を改め、強気に口を開いた。

「違う！　本当は苛めたりなんてしない。来ないって言われるのが嫌だったから……ごめんなあ、うちに来いよ。絶対、誰にも苛めさせないから、今度は俺が護ってやる」

まるでプロポーズかというように真摯《しんし》に訴えかけてくる。歳のせいとか、恵まれているからとかいうだけでなく、本来素直な性格なのだろう。裏表があるようには感じられず、だけど子供らしい無責任さであっという間に身を翻しそうな気もする。

「じゃあ……美姫のこと、護ってくれる？」

峻也の心の中にある小さな弱音が顔を出した。

美姫のことは絶対に自分で護り抜くつもりで、だけどいつだって不安だった。自信なんてない。この子は、そしてあの夫婦は、美姫を護ってくれるだろうか。ほんの少しでも助けてくれるだろうか。

「うん、絶対護ってやる」

桐は峻也に摑まっている美姫をじっと見つめて請け負う。美姫へ握手を求めるように手を差し出したが、美姫は峻也にしがみつくばかり。それでも桐はニッと笑って言った。

「俺もお兄ちゃんになってやるよ」

美姫は少しも嬉しそうではなかったが、峻也はなぜかとてもホッとしていた。

当てにならないとは思っていても、美姫を護ろうと思ってくれる人が自分以外にいると思うだけで、肩の荷は軽くなるものらしい。

施設にいれば護られてはいるけれど、大勢の中のひとりでしかなかった。家族という特別な枠の中から自ら飛び出したことを毎日のように後悔して、だけどしょうがなかったんだと言い訳して……心がすっかり疲れてしまっていた。

桐を捜していた時の両親の必死な顔を思い出し、とても羨《うらや》ましいと思ったことも思い出す。誰かに庇護されたいという気持ち。あの人たちなら……という淡い期待と、実の子ではないのだから……という諦《あきら》め。馴染めなければ、前よりも、今よりもずっと辛いことになるかもしれないという不安。他人の家族という枠の中が、気持ちいい場所だとはどうしても思えない。

だけど、自分を真っ直ぐに見つめてくる桐の瞳を見ているうちに、信じてみようか、という気持ちになっていた。

「美姫、行ってみるか」

峻也はもう一度美姫の意志を確認する。

美姫はそこでやっと、にっこりと笑った。

後に桐が、この時の美姫の笑顔にやられたのだと言っていた。ものすごく可愛くて、一発で惚れてしまったのだと。

桐はそれから、言葉通りに美姫を護ってくれた。そしてあれは、美姫だけでなく、自分にも有効だったのかもしれないと今になって思う。

子供の頃、峻也にとって苛められることはほとんど日常のようなものだった。「アル中の子はアル中だ」から始まって、「施設の子はいらない子」というのもあったし、佐倉家に引き取られてからは、召使いなどとからかわれた。

誰かを見下して楽しんでいられるような暇人と、真っ向からぶつかってやれるほど峻也は暇ではなくて、いつも適当に受け流していた。しかしターゲットを見つけると、奴らはしつこい。辟易としていたのが、ある日突然ピタリとなくなった。

苛めていたリーダー格の二人を、桐が徹底的に潰したらしかった。喧嘩の腕を自慢にしていただけに、歳下の桐ひとりにやられて面目は丸つぶれ。峻也には近づいてもこなくなった。

「早く俺に言えばよかったのに」

確かあの時も桐は怒っていた。ただあの時は、礼を言っただけであっさりと機嫌を直してくれたけれど。

ずっと護ってくれていたのだ、桐は。成長して変わっていったわけではなく、最初からそうだったのだ。自分に余裕がなくて気づかなかっただけで。

この家にやってきて、家族になることに必死だった。だけどどうやれば家族になれるのか、まったくわからなかった。

とにかく自分が役に立てることをと思って、食事くらいは自分で作ると申し出たのだが、小学生にそんなことはさせられないと両親は譲らなかった。となれば、できるのは歳下の者たちの面倒を見るくらいしかなくて、幸か不幸かここにはやたらと手のかかる子供たちがいてくれた。

最初、桐と同じ顔が桐の後ろから不機嫌そうに現れた時、峻也はびっくりして固まってしまった。美姫もきょとんとして二つの顔を見比べていた。

子供の頃の二人は、同じ顔、同じ髪型でまったく見分けがつかなかった。こっちが桐で、こっちが藤、などと紹介されても、じっとしていない二人はすぐにシャッフルされてわからなくなってしまう。それをおもしろがって、二人はいたずらばかりしていた。

峻也たちが引き取られてきて一年後には、双子と同い年の従兄弟である寛吉が、両親を亡くして引き取られてきた。夫妻は、「この際ひとり増えても大差ない」とか、「五人なんて戦隊ものみたいで素敵じゃない」などと呑気なことを言っていたが、ただでさえ悪い二人に、頭の切れる寛吉が加わって、とんでもなく手のかかるトリオができあがった。

だけどその世話を焼くことで、自分は居場所を確保できたようなものだった。

美姫は引き取られた当初から、蘭子にかまわれまくって、無邪気な蘭子と触れ合うことで徐々に笑みを浮かべるようになっていった。着せ替え人形のように服を与えられ、好みを主張したり、時には拒絶したり、馴染むのは美姫の方が早かったかもしれない。

桐と寛吉は美姫の歓心を得ようと競い合い、藤はそれを傍観し、喧嘩に発展すると峻也が止める。峻也が桐たちと喧嘩できるようになったのは、だいぶ経ってからだった。

父からのミッションをこなすようになって、さらに親密度は増した。

すっかり家族になれていると思っていた。だけどやっぱり自分の中には遠慮があったらしい。迷惑をかけてはいけないという意識が強すぎて、人に助けを求めることができない。

それが桐を怒らせたのだろう。

理由はわかったけど、これは子供の頃からの刷り込みなので、そう簡単に修正できると思えない。

どうすれば穏便に、仲よくやっていけるのか……。

「あー、もう！　桐くんがうるさいから、起きちゃったじゃない」

目を開けると、美姫のヒステリックな声が頭に響いた。

「うっせーな。おまえが変なこと言うからだろ」

「図星突かれたからって怒らないでよ」

桐と美姫は本当の兄弟のように、なんの遠慮もなく喧嘩する。恋人同士になれば痴話喧嘩ということになるのだろうが、そんな甘さは微塵も感じられない。

ぼんやりそんなことを考えていたのだが、美姫に膝枕をしてもらったところを桐に見られたのだと気づいて、慌てて体を起こした。どんな馬鹿面を下げて妹の膝で寝ていたのか。

ばつの悪い思いで桐へと目をやれば、冷たい目と目が合った。

「そんなところで幸せそうに寝てんじゃねえよ！」

捨て台詞《ぜりふ》を残し、桐は出て行ってしまう。音からして、外へ。

幸せそう……だったのか。ますますいたたまれない。

「なに、あれ……。やっぱお兄ちゃん、あんなのに謝る必要ないわよ」

美姫に言われて思い出す。桐に謝るつもりでいたことを。しかし理由はわからないが、桐の機嫌がさらに悪くなっていたような気がする。

「美姫、なにを喧嘩してたんだ？」

「別に……。羨ましいならそう言えば？　って、言っただけ」

「おまえな」

兄で焼きもちを焼かせてどうするのだ。美姫を巡る恋のさや当てに名乗り出るつもりはない。もちろんふさわしい男かのチェックは厳しくさせてもらうけど、桐なら……女遊びをしないと約束するなら反対する理由はない。約束はきっちり守る男だから。

知らない男よりは桐がいいと思う。知らない女より美姫がいいと思う。だけど胸はなんだかモヤモヤする。

なににどう嫉妬しているのか。自分でもよくわからない。もしかしたら、今まで一度も恋人がいたことがない自分が、置いていかれるようで嫌なだけかもしれない。

自分の小ささを覗き込んだような気がして、目を逸らす。

「藤はまだ？」

「うん。お兄ちゃんが寝てたのなんて、一時間くらいだし」

「一時間も寝てたのか。ごめん、美姫。ありがとう」

その間ずっと顔を見られていたのかと思うと、照れくさくて美姫の目が見られない。

「ううん。私は一晩中でもかまわなかったのよ。今までお兄ちゃんにしてもらったことに比べれば全然」

「俺がおまえの世話を焼くのは、半分自分のためみたいなものだから、気にしなくていい。……もう寝なさい。明日も学校だろう」

「うん、じゃあおやすみ」

「はい、おやすみ」

峻也は最後まで微妙に目を逸らしたままだった。

美姫がどう思っていようと、兄としては失態だ。妹の膝枕で一時間も寝こけるなんてことは。しかも藤はまだ帰ってきてないし、桐にも謝っていないまま。情けなさすぎる。

峻也は溜め息をついて重い腰を上げ、キッチンに立つ。材料を取り出して手際よく調理し、コンロには鍋が二つ。

「よし」

どちらも味見をして蓋をする。それからキッチンを出て、玄関ホールに移動し、階段の一番下の段に座り込んだ。二人の帰りを朝までだって待つつもりだった。

吹き抜けの高いところから吊されたセピア色のライトがホールを温かく照らしている。壁も床もオレンジがかった明るめの木調で、艶《つや》があって上品な印象。華美な装飾はないが、いつもなにかしら花をつけた大きな鉢植えが置かれている。

やっぱりここは金持ちの家だなと思う。父親と美姫と三人で過ごした、床が傾いているようなアパートが原点の峻也には、自分の家だと思うまでにかなり時間がかかった。

だけど今はもうすっかりここが帰る場所になっている。どんなに外で疲れても、帰ってきたらホッとする。

「おかえり、藤」

一時間ほどして玄関のドアが開き、入ってきた藤の顔は疲れ切っているように見えた。しかし座り込んでいる峻也を見た瞬間にフッとほころぶ。桐よりもっと大人びた表情。

「ただいま」

立ち上がって、靴を脱いだ藤の前に立ち、さっそく謝ろうとしたのだが。

「ああ、ごめん。ちょっと先にシャワー浴びてきたいんだ」

藤が横をすり抜けていく。

「あ、藤、お腹すいてない？　シチューあるんだけど」

声をかけると、藤は顔だけ振り返って口の端を上げ、

「食べるよ」

そう言ってバスルームに消えていった。

峻也はキッチンに戻り、鍋を温める。藤が戻ってきたところで皿によそってテーブルに置いた。

「峻のシチュー久しぶりだな。なんかご機嫌とられるようなこと、あったっけ？」

藤はスプーンを手に、向かいに座った峻也に笑みを向けた。

「機嫌をとるというか……ごめんなさいのシチューだよ、それは」

「ごめんなさい？」

「あの社長令嬢の部屋にいる時、大きな音がしなかった？」

「ああ……。あれって峻だったんだ。てっきり桐がなんかやったのかと思ってたよ」

「俺が階段から落ちそうになって、桐が助けてくれたんだ。俺の不注意で……ごめん。大丈夫だったか？」

「まあ、あれだけでかい音がすると、あの女でもさすがに出て行こうとしたから……俺の当初の予定では適当に言いくるめて逃げ出すつもりだったんだが、引き留めるためには抱くしかなくなっちゃって。久しぶりに疲れたよ」

「そ、そうか……」

未だ女性経験のない峻也には、そんなに簡単に抱くなんてことができるのか、いまいち想像できなかった。軽そうに言っているが、本当はものすごく大変だったのではないか、など と深読みしてしまう。

「そんな顔するなって。俺もそれなりに楽しんだし、奉仕もしてあげたから。向こうも満足でしょ」

「ごめんな、藤」

とにかく、藤ができる男で助かった。

「いいよ、もう。他は予定通り成功したんだろ？　ハニーちゃんは置いてきた？」

「あ、うん、それは」

「でも、桐のご機嫌もとらなきゃいけないいなにかがあったのかな？」

言われてきょとんと藤を見る。なぜそれがわかったのか。

「だってカレーの匂いもするよ。俺の機嫌とる時はシチューで、桐の時はカレー。峻は子供の時からそれだ」

またしても進歩がないと言われたような気がした。特別美味しいものが作れるわけではないが、作れば二人とも機嫌を直してくれた。峻也からの歩み寄りの印なのだ、カレーもシチューも。

「桐を怒らせちゃって……」

その経緯を話して聞かせる。途中までで藤は成り行きがわかったような顔をしていた。桐の気持ちを理解することにおいて、藤の右に出る者はいないだろう。藤はずっと桐を見つめてきたのだから。

藤の秘めた想いに気づいたのは、峻也が大学に入って半年ほど過ぎた頃だった。

ついでに掃除機をかけてやろうと、ノックをして藤の部屋に入ったのだが、うたた寝していたらしい藤は慌てたように背中になにかを隠した。藤がそんなに慌てるのは珍しいことで、怪訝に思ってじっと見ていると、掃除は自分でするからいいと追い出されそうになった。

その時、ポロッと落ちたのだ。藤が隠していたものが。

それを目で追えば、転がっていたのはフィギアだった。藤の部屋にあるフィギアは戦う美少女みたいなのが多かったのだが、それは体のつくりが明らかに男だった。

ハッと藤は拾い上げたが、その時にはもうそれが誰なのか、峻也は理解していた。巧すぎたのだ。

『自分……ってことはないよな』

『自分だよ。ナルシストなんだ』

『ふーん。……いい表情してたよな、今の。まるで桐みたいな』

言えばキッと睨みつけられた。藤にしては珍しい表情だった。桐とは正反対に、感情を素直に顔に出さない奴だから。

『まあ、いいや。とりあえず掃除機だけかけさせて』

峻也は掃除機をかけて、なにも言わずに部屋を出ようとしたのだが、藤の声が引き留めた。

『桐には言わないで』

『言わないよ。家族全員分作って並べとけばいいんじゃないか』

たぶん藤ならいくらでも言い訳を考えついたはずだ。こちらが言うまでもなく、カモフラージュに全員作るつもりだったかもしれない。

でも、隠そうとした時点で、見られたくないものだと言っているようなものだし。なにより藤の慌て方が如実に秘め事だと告げていた。

この家に来た当初、藤は峻也たちに対して、ものすごく攻撃的だった。桐のいないところで、なんども施設に帰れと言われた。打ち解けるのは時間がかかったが、今では兄弟の中で一番気が合うかもしれないと思っている。同い年で学校で知り合ったなら、友達になったのは、桐でも寛吉でもなく、藤だっただろう。

そののち、藤は観念したように洗いざらい話してくれた。桐のことが、そういう意味で好きなのだと。ひとりでかなり悩んでいたらしい。本当は誰かに話してしまいたかったのかもしれない。

『峻だから話したんだからな。絶対誰にも言うなよ。もちろん桐にも』

『言わないけど……。ずっと言わないつもりなのか？』

『言ってどうなる？　桐のことは俺が誰よりもよくわかってるよ。あいつが俺を好きになることは絶対にない。だから俺はずっとこのポジションを護る』

自分を信じて打ち明けてくれたことは単純に嬉しかった。でも、とても胸が苦しくなった。

それから二年ほど。藤は見事なまでにいつも通り、なんら匂わせることもなく桐と接している。まるでもう吹っ切ってしまったかのように。

「本当、峻は桐を怒らせるのが巧いな」

シチューを口に運びながら、藤は感心したように言った。

「巧いって……。俺は怒らせようと思ったことなんてないぞ」

「波風立てずに穏便に、だよな、峻は。そして、みんなが幸せなら俺なんか、だよね。そういう峻の基本姿勢が桐とは相容れないんだから、そりゃぶつかるさ」

あっさりと原因を指摘され、なにも言い返せなくなる。藤は周りをよく見ている。

「俺と桐は合わないってことなのか……？」

口にしてみると、思った以上に痛かった。

「合わない。——って、言われたらどうするの？　桐とはもう関わらない？」

逆に問われてハッとする。

「それはできない」

即答していた。

「どうして？　桐のためにはそれがいいって言っても？　相手の幸せのためなら引き下がるのが峻なんじゃないの」

藤が意地悪に問いかけてくる。

「それは……でも、兄弟なわけだし……」

そんなはっきり言葉にできる感情ではない気がしたが、そうとしか言えなかった。

「仲のよくない兄弟なんて世の中にはいっぱいいるし、俺たちはもう二十歳も過ぎてる。反りが合わないなら、そのまま距離を置くってのもありだと思うけど」

淡々と紡がれる言葉は正論で、だけど納得はできなかった。それでも言い返す言葉が見つからず、峻也はムッと黙り込んだ。

「峻はもっとわがままになればいい。欲しいものは欲しいって言えばいいんだよ。それでみんな幸せになれる」

藤は答えをくれたけれど、本当にそれでみんなが幸せになれるのか。これも納得できない。

「みんながわがままじゃ収拾がつかなくなるだろ」

特に桐なんてわがままの権化みたいな奴だ。わがまま合戦で勝てる気はしない。

「雨降って地固まるって言うだろ。ぶつかってぐちゃぐちゃになったら、いいように落ち着くものなんだよ。逃げるな」

「逃げる……」

逃げているのか、自分は。平和を望んではいけないのか。

テーブルの上で握った拳を反対の手でギュッと握りしめ、必死に考える。

「ま、俺はそれでもかまわないけどな、今のままでも。ぶつからない限り、まとまることもないだろうし……」

藤は峻也の困惑をしばし見つめ、小さくつぶやいた。そして、ごちそうさまと席を立つ。

「藤……？」

なにが言いたいのかわからず問いかけようとしたが、藤に目で制される。

「変わってほしいような、ほしくないような……俺も複雑な心境なんだよ」

そう言って、藤は部屋を出て行った。ゆっくりと階段を上がっていく音がする。

まただ。美姫といい、藤といい。変われと言いたいのか、変わるなと言いたいのか。そのままでいいと言いながら、なにか物足りないような顔をする。

しかし、変われと言われても、今までの生き方を覆すのは難しい。なにをどう変えればいいのかもよくわからない。

桐に謝って、これからはもっと頼りにするから……なんてことを言うつもりだったけど、なんだかよけいに怒らせそうな気がしてきた。

頼りにするというのは具体的にどうすればいいのか、自分はよくわかっていない。階段から落ちるとかいう危機的状況でも訪れないと、形にするのは難しい気がする。

桐の胸にしなだれかかるとか、桐の膝枕で眠るとか……？　想像してゾッとした。考えてしまった自分が恥ずかしい。弟相手に、なにを……。

でもそういうことしか思いつかないのだ。頼るということが。

悶々《もんもん》と考え続け、しかし答えは見つからず。桐も帰ってこないまま、窓の外は明るくなっていた。どこにいるのだろうと考えて、幾人かの桐の友人の顔と、不特定多数の女性が脳裏に浮かぶ。

桐が泊めてと声をかけて、泊めてくれる人間はいくらでもいるだろう。

どうしても、自分を頼ってほしいと思うことをやめられない。他の人間になど助けを求めず、自分のところに来てほしい。頼られたい欲ばかりがある。

その逆が頼るということなのだろうが、できる気がしない。

リビングのソファの上でロダンの彫刻のように固まっていると、家政婦がやってきた。

残ったシチューと、手をつけてないカレーを容器に詰め替え、手際よく冷蔵庫にしまってくれる。峻也は礼を言って、自室へと引き上げていった。

五

翌朝、峻也《しゅんや》はほとんど眠らぬまま大学へ行って、講義を受けてから、サッカー部の部室に向かった。

桐《きり》は結局家に帰ってこなかったし、携帯に電話を入れても出てくれなかった。メールで謝る気にはなれなくて、今日は何時頃帰ってくるのかと送ってみたが、未《いま》だ返信はない。練習には行くだろうと部室に向かったのだが、その手前で近江《おうみ》に遭遇する。

日に焼けた顔には今日も優しそうな笑みが浮かんでいた。

「どうしたの、峻也くん」

「あ、桐に用事があるんだけど……来てますか？」

近江は部室を覗《のぞ》き込み、中にいた部員に訊《き》いてくれたが、まだ桐は来ていないらしかった。

それじゃいいです、と礼を言って帰ろうとしたのだが、近江に呼び止められる。

「峻也くんって、電気工事のバイトもしてるの？」

訊かれてドキッとした。

「え、なぜそんなこと……？」

「昨日、西町にいただろう？　僕はあの近くに住んでるんだけど、偶然きみと佐倉《さくら》が出てくるところを見かけて。なんだかすごく慌てた感じで、電気工事店って書かれた車に乗り込んでいったから」

見られて違和感のない格好ということでわざわざ用意した服装が、知り合いには違和感を与えることになってしまったらしい。慌てていたのは、ひとえに自分のせいだが。

「知り合いに電気工事店を営んでいる人がいて、人手不足だと借り出されるんですよ。助手みたいな感じで。一緒に行ってた人がすごくせっかちな人で、遅れるとどやされるもんだから、桐と一緒に慌てて車に戻ってたとこを見たんじゃないですか」

前半は前もって用意していた説明。後半は今思いついた言い訳だった。ほころびがないかハラハラしながら、近江の言葉を待つ。

「ふーん、そうなんだ……」

納得してくれたのかとホッとしたのもつかの間。

「あそこって、不動産屋の社長の家だよね。僕が借りてる部屋もその社長の持ちものでさ。金に汚いことで有名な人だけど、僕らみたいな施設出に、保証人なしで部屋を貸してくれるっていうところもあって……。僕にとっては恩人なんだよ」

そんなふうに言われると、自分たちがすごく悪いことをしたような気持ちになる。あの壺が盗難されたものなのは確かなのだが。

いや、それよりも。近江が社長と顔見知りだということが問題だ。あの日、電気工事を依頼したか社長に訊かれたら、かなりまずいことになる。

「本当に、電気工事？」

「他に、なにがあるって……」

曖昧《あいまい》な笑みでごまかそうとするが、表情筋が引きつった。

「そうだよね。それは僕もわからないんだけど。なんか腑《ふ》に落ちないんだよね……」

明らかに疑われている。あの時はあまりにも気が動転してしまって、どうやって車に乗り込んだのかもよく覚えていない。挙動不審に見えたとしても不思議ではなかった。しかしさすがに、本当はなにをしていたのか、なんてことはわかるはずもないだろう。

「社長に訊いてもいいかな、電気工事なんて頼みましたかって」

真っ直ぐに目を見て問われ、返事に詰まってしまった。ここは平然とした顔で「どうぞ」と返すべきところだったのに、動揺して一瞬間が空いてしまって……失敗した。これではなにかあると白状したも同然だ。

「まあいいや。もう追及しないよ。その代わり、峻也って呼んでもいいかな？」

近江の笑顔は前となにも変わっていないのに、急に威圧感を覚え、心が冷えていく。

「それは全然……かまいませんけど」

「そんなに硬くならないでよ。きみが困るようなことをする気はないから。今夜はバイト？」

「いえ、今日はなにも」

「じゃあ、一緒に晩ご飯を食べてよ。僕は友達が少なくてね」

近江は冗談めかして言ったが、この流れで誘われて断るなんてできるはずがない。

「そんなことないでしょう。近江さんもてるじゃないですか。俺でよければ、ご一緒しますけど」

なんとか軽い調子で返す。

「よかった。どうも人と気楽に話せない質《たち》でね。女の子も気軽には誘えないんだ」

普段のなにごとにもそつのない近江を見ていれば、絶対嘘だとしか思えなかったが、突っ込んで話を長引かせるのが嫌でなにも言わなかった。今はとにかくこの場を早く離れたい。

落ち合う時間と場所を決めて、近江は部室へと消えていった。

いつの間にか全身に入っていた力が抜ける。

——失敗した……。どうしてあそこで詰まってしまったのか。今夜は桐と話すために空けておきたかったのに。

勝手に脅されたような気分を味わう。

たとえあの日忍び込んだことがばれても、公にできないことが多すぎて、警察沙汰《ざた》にはならないはずだ。宗次郎《そうじろう》からも、壺を確認したあとなら、ばれても開き直ってかまわないと言われていたし。それでも躊躇《ちゅうちょ》してしまったのはたぶん、近江の背後に桐の存在がちらついてしまうからだろう。

溜《た》め息《いき》をついて、うつむいたまま歩きはじめる。

「先輩となにを話してたの？」

声と共に人影が目の前に立ちはだかり、峻也は驚いて足を止めた。

「桐……」

明らかに不機嫌そうな顔で、睥睨《へいげい》するように峻也を見ている。普段なら気後れしてしまいそうなきつい表情も、会いたいと待ちわびていた峻也には気にならなかった。

「桐、俺おまえに話があって――」

会いたかった気持ちが先走って口を開いたのだが、

「俺が訊いてるんだよ。あいつとなにを話してたのかって」

抑揚のない声に遮られた。桐の怒りはまだ顕在らしい。

「なにって、今夜ご飯を一緒にって話を……」

「なんで峻があいつと飯を食うわけ？」

さらに怒った顔で詰め寄られて、思わず後ずさってしまう。

「なんでって言われても。ひとりでご飯を食べるのは味気ないみたいだから」

「だから、それでなんで峻なんだよ。あいつにはいくらでも取り巻き連中がいるだろ」

「俺もそう思ったけど……なんか気楽だって言ってた。俺だと気を遣わなくて済むんだろ」

桐の怒りはどうやら昨日のことではなく、今近江と話していたことが原因のようだ。

「……さっき、俺に話があるって言ったよな」

桐は気持ちを落ち着けるように、少し声のトーンを落として言った。

「ああ、うん。だからここに来たんだ」

「それ聞いてやるから、あいつとの食事キャンセルしろ」

「は？　できないよ、そんなこと」

ここまで桐が近江を嫌っているとなると、普段からかなりぶつかっているはずだ。近江も桐のことをよくは思っていないだろう。

昨日目撃されたのは自分だけではない、桐もなのだ。近江が桐の弱みを探ろうなんて考えたら面倒なことになる。極力近江の機嫌を損ねたくない。

「用事ができたとか言えばいいだろ」

「ダメだ。もう約束したんだ」

「俺よりあいつを優先させるっての？」

子供っぽい問いかけが峻也の心をギュッと摑《つか》む。

「そういうわけじゃ……。でも、先に約束しちゃったし、食事したらすぐに帰ってくるから、それから――」

なんとかわかってもらおうと必死に言いつのるが、桐は冷めた目で見るだけ。

「もういい。ゆっくりしてくれれば？　俺、今夜も帰らないから」

吐き捨てて背を向け、行ってしまう。

「き、桐！」

引き留めようと伸ばした手を、桐に触れる前に握り込む。引き留めたって、桐の言うようにはしてやれない。押し問答になるだけだ。

桐より誰かを優先させるなんてあるはずないのに……。

思わず考えて、美姫《みき》の次にだけど、と自分の気持ちに必要とも思えない注釈を入れる。藤《ふじ》も寛吉《かんきち》も大事な弟だが、一番手を焼かされたせいか、最初に衝撃的な出会いをしたせいか、桐への想いはどこか違っていた。

特殊な独占欲のようなもの。藤や寛吉なら、彼女だと紹介されても喜んで迎えてやれる自信があるけど、桐だと会いたくないと思う。

でもそれは、桐は美姫が好きだとずっと言っていたから、裏切られたような気持ちになるせいかもしれない。相手が美姫なら、きっと祝福してやることができるだろう。美姫を挟んで争っていた寛吉は怒るだろうけど……。

そんなことを考えて、急に我に返る。

自分の世界がひどく閉じているように感じた。どうして兄弟という狭い枠の中でばかりものを考えようとするのか。家族というものに囚《とら》われすぎなのかもしれない。

もう、自分で家族を築いてもいい歳《とし》になっているというのに。

顔を上げて周囲を見回せば、構内にはたくさんの人が行き来していた。

いつまでも閉じていてはいけない。閉じていられるはずもない。頼るとか頼られるとかいうより、兄弟離れをすべきなのだろう、自分は。

桐はまだ自分に執着してくれているけど、それもいつまでかわからない。このまま距離を置くのも、もしかしたらいいのかもしれない。

もっと外に目を向けて、自分の中を占めている兄弟成分を薄めておかないと、誰もいなくなった時には生き甲斐《がい》すらなくなってしまいそうだ。

世界を広げるために、まずは近江と親しくなってみる。友達になってみる。情が移れば黙っていてくれるんじゃないかという打算がないとは言えないが。同じ施設にいたというだけで、親しみを感じているのは事実だ。そこはきっと桐たちには理解できないところだから。

胸の奥に重いものを感じながら、峻也は無理やり顔を上げて歩き出した。

「峻也はよくあの佐倉と仲よくやっていけてるねえ。僕には本当、きみが猛獣使いに見えるよ」

近江は本当に感心したように言う。

「猛獣って……あれで可愛いところがあるんですよ」

峻也は冗談めかして本心を告げる。

近江が指定した場所はイタリア料理店だった。落ち着いた雰囲気で、内装は地中海風にこだわっているようだったが、価格はわりと庶民的。アルコールも取りそろえていて、長居する客も多いようだ。

「どんなところが？　佐倉が可愛いなんて、僕はナノミクロン単位でも思ったことがないよ」

近江は水色のストライプが入ったドレスシャツに、濃い色のジーンズという格好。広い胸板と太腿《ふともも》の逞《たくま》しさのために、海辺のバカンスを楽しむお洒落《しゃれ》なアスリートといった感じに見える。店の雰囲気にも合っていた。

「うーん、説明するのはかなり難しいですね」

峻也はチェックのシャツにだぶついたジーンズという、ごく普通の大学生といった格好。高校生でも通るかもしれない。

弟妹はみんなお洒落で、峻也が服を買ってくると、あーだこーだと批評する。誕生日にはお洒落な服をもらったりもするのだが、なんだかものすごく気取っているように感じて、なかなか着られない。着こなせる自信もなかった。

でも今日はもうちょっと頑張ってくればよかったかと、近江との釣り合わなさに後悔する。

「錯覚だよ、きっとそれ。子供の時の刷り込みが入ってるんだよ。今のあいつをよーく見てみなって。どこもかしこもふてぶてしくて、ムカつくだけだから」

そんなことを言いながらも、近江の言葉には棘《とげ》がなかった。冗談を言って楽しんでいるのが伝わってくるから、笑っていられる。

「俺はあいつの一番情けないとこ見ちゃってるから、あいつも俺には強く出られないんじゃないかな。未だ律儀に恩を感じてるみたいだし……そういうとこ、可愛いでしょ」

自然に自慢げな口調になった。

「いいなあ。僕も峻也の弟になりたかったな」

「なに言ってるんですか。俺の弟なんて、説教ばっかりされてつまんないですよ。それにこれ以上、自分よりできのいい弟はいりません」

「なに、そんなこと考えてるの？　できがいいなんて、どういう基準かわからないけど……僕には佐倉よりきみの方がずっと魅力的に見えるよ」

じっと見つめられて照れくさくなる。

ボトルのワインはかなり減っていたが、峻也はチビチビとしか呑《の》まないので、ほとんど近江が消費しているはずだった。見た目にはわからないけど、近江はけっこう酔っているのかもしれない。

「俺は兄貴が欲しかったけど」

佐倉家に歳上の兄姉がいたら、自分の性格もかなり変わっていたんじゃないかと思う。

「へえ。僕みたいなのでもいい？　喜んで名乗り出るけど」

「近江さんじゃできすぎですよ」

「そんなことないって。僕はけっこう卑屈なダメ男なんだから。よく思われたくて無理してるんだよ」

「じゃあ、無理してない近江さんを見せてくれたら、兄貴って呼ばせてもらいますよ」

なにげなく言った言葉だったが、近江がハッとしたような顔になって、それからなんだか嬉《うれ》しそうに笑った。いつもなにごとにも自信ありげな近江の、気を抜いた表情。無理しているというのは、冗談ではないのかもしれない。

「そんなことになったら、佐倉に睨《にら》まれるどころじゃ済まなくなりそうだ。あいつ、超のつくブラコンだろう」

近江はすぐにいつもの表情に戻って言った。

「ブラコンっていうか……あいつはガキで、王様なんですよ。全部俺のもの、誰にもやらない！　みたいな」

「ジャイアン？」

「そう、それです」

大きく頷《うなず》いて、笑い合う。

とても穏やかな時間だった。弱みを握られているなんて忘れてしまうくらいに。

「プレイスタイルもそんな感じだよな。俺が一番！　みたいな」

「やっぱり……迷惑かけてますよね」

「でも、あいつがいないとウチのチームはやっていけないのも事実なんだ。佐倉が入ってきた時は嬉しかったよ。これでやっとまともに試合ができるって。……まあ、性格があれだったけど」

「佐倉が？」

「近江さんは巧《うま》いって言ってましたよ、桐が」

あまり疑わしげなので、桐の言葉を付け加える。

「俺の次にって」

「あはは、言いそうだ。俺の足下にも及ばないけどな、とか」

確かにそういうニュアンスのことを言ったようにも思う。

「でも、俺は素人だけど見てて思いましたよ、近江さんは巧いって」

「佐倉の次に？」

「え、いや、そんなことは……」

慌てて否定しようとして、どうなんだろうと考える。桐ばかり見ていたので実際よく覚えていない。キャーキャー言われていたので、桐の次に目が行ったのは確かなのだが。

「嘘がつけないな、峻也は」

近江が屈託なく笑い、それが微笑《ほほえ》みに変わる。まるで甘やかすように見つめられることに慣れなくて、ワイングラスへと視線を落とした。自然に杯も進んでしまう。

そういえば、今までこうして歳上の人間と親しく語らう機会はなかったなと思い返す。部活には入っても、個々になにかに打ち込むような、そんな部にしか所属したことがない。体育会系の熱さとは無縁で、上級生と濃い繋《つな》がりを持つこともなかった。大学でもサークルなどに入る気にはなれず、飲み会といったら、同い年の友人連中と呑むか、人数合わせに合コンに駆り出されるくらい。

主導権を全部渡していいような関係は初めてかもしれなかった。

しかし、食事の支払いを全部持つと言われて、それには強硬に反対した。だけど、ここは歳上に格好つけさせてよ、と言われて渋々折れる。

レストランを出て、近江にもう一軒と言われ、ちらりと桐の怒った顔が頭をよぎったが、ごゆっくりと言われたことを思い出し、意地になってOKした。帰ればひとりで、桐が今どこでなにをしているのか考えて悶々《もんもん》とすることになるのだし、兄弟離れは必要だと自分に言い聞かせる。

「割り勘じゃないなら行きませんけど」

次の店へと歩きながら言う。

「苦学生だからお金がないとか心配してる？」

「いや、そういうんじゃなくて……。奢《おご》ってもらうってなんか、一方的に乗っかってる感じで好きじゃないんですよ。楽しかったのも半減するっていうか……」

「それは困るね。でも、今日は僕が無理やり誘ったようなものだから、峻也は奢られて当然だと思うよ」

「え、無理やり……だったんですか？」

「だったでしょ。断れないように若干脅したから」

近江が微笑みながらさわやかに暴露する。脅されたようなと感じたのは、間違いではなかったらしい。

だけど近江はその脅しの元について一切触れてこようとしなかった。いったいなにをしていたと思っているのだろう。いっそきちんと説明した方が理解を得られるのでは、という気がしたが、わざわざそこに話を戻す気にもなれなかった。

知り合いの店だと連れていかれたのは、寂れた雰囲気のバーだった。近江がバイトしているのとは別の、カウンター席しかないこぢんまりとした店。

他に客はおらず、店員もカウンターの中に若い男がひとりいるだけだった。

「この店のマスター。雇われだけどね。こいつも同じ施設の出身なんだよ」

近江がその男を親指で指さして言う。長めの茶髪で、耳にはピアスが五、六個ほども並んでいる、あまり品がいいとは言い難い雰囲気の男。しかしキツネ目でにっこり笑うと愛嬌があった。

「じゃあ同じ班だった、とか？」

「そう。でも峻也は覚えてないんでしょ」

「……すみません」

まったく思い出せなくて頭を下げる。

「いいよ、覚えてなくて。ていうか、僕を覚えてないのに、こいつだけ覚えてるなんてありえないよ」

「なに、それ。昔からおまえは変に自信過剰なんだよ」

ポンポンと言い合う様子に、二人が気の置けない関係だと知れる。

「僕が峻也のこと覚えてるのは、本当は引き取られ方が珍しかったっていうだけじゃなくて……とても印象的だったんだよ、入ってきた時から。なんか、壊れちゃうんじゃないかって、危なっかしい感じがして」

「………………」

近江の言いたいことはなんとなくわかる。その頃の自分はたぶんボロボロだった。心が細い糸みたいで、触れられただけで切れてしまいそうで、人と交わることが怖かった。だから、美姫と二人だけのバリアを作って閉じこもっていたのだ。

「それが今や猛獣使いだ。びっくりだよ」

「その、猛獣使いっていうの、やめてくれませんか」

話が深刻になると軽い冗談を交えてくれる。その気遣いが大人な感じがした。

「峻也は、無理してない？　引き取ってもらったから、弟の面倒みなくちゃとか、迷惑かけないようにしなくちゃとか。……本当はもう家を出たいけど、言い出せないとかさ」

心配そうに問いかけられて、峻也は笑みを返す。

「まったく無理してないとは言えないけど、全然苦じゃないんです。言ったでしょ、桐はあれで可愛いんだって。他の弟たちも妹もそれぞれにいい子たちで、一緒にいるのがすごく楽しくて……できればずっとあの家にいたいくらいです」

それが無理なのはわかっている。いつまでも一緒なんてあるわけがない。

でも、家族という枠を壊さなければ絆《きずな》が断ち切れることはないはずだ。兄弟は離れても兄弟。血の繋がりがないから、それを壊さないことには慎重になる。

桐と仲直りできぬままなのは、ひどく心細くて、不安で……早く帰りたくなった。

「なんか、のろけみたいに聞こえるよ」

「俺がのろけられるのは、弟妹のことだけなんですよ、残念ながら」

「峻也はもてるだろうに」

近江がロックグラスの氷を指で回しながら、ニヤッと笑う。そんな仕草がすごくさまになる。

「近江さんに言われても、嫌味か嫌がらせにしか聞こえないですよ。俺がもてるわけないでしょ」

「え、じゃあ……彼女いない歴……」

「歳の数だけですよ」

悪いですかと、酔いのせいもあって、ちょっと喧嘩《けんか》腰に突っかかる。

「ふーん……。おかしいな、もてないわけないと思うんだけどな……」

「近江さんや桐みたいな人にはわかんないんですよ。世の中にはまったくもてない男の方が多いんですっ」

そうだそうだとマスターは同意し、峻也の前の空になったグラスを引く。

「でも、マスターだって彼女いるんでしょ？」

根拠はないが、そんな気がして問えば、マスターはウッと返す言葉に詰まった。

「こいつの彼女、お嬢様ですっごく可愛いの」

近江が峻也に耳打ちし、峻也はジトッとマスターを睨む。

「いや、まあ……もてなくても世界中にひとりくらいは好きになってくれる人がいるものだから。頑張って」

そう言ったマスターの顔は幸せが滲《にじ》みだしていて、思わずつられて笑ってしまう。

世界にひとりくらい……そう考えた時、浮かんできたのは桐の顔で、この期に及んでまだ弟なのかと自分に呆《あき》れる。彼女なんて思い当たる節もないのだからしょうがないけど。

「僕も今フリーだから、寂しい者同士仲よくしようぜ」

近江に肩を組まれるが、

「近江さんなんて、選《え》り好みしてるだけでしょ。仲よくなんてできませんよ」

睨んで腕を払いのけた。

「酔うと凶暴になるんだなー、峻也は。いいよ、ガンガン行っちゃって」

酔うと凶暴という言葉に、胸の奥にモヤッと嫌なものが込み上げてくる。

「いや、もう俺は。あまり呑めないし……。近江さんも明日は練習があるんじゃ……」

やんわりもうお開きにしようと言ったつもりだったのだが、

「僕は四年だから、今は自主的に参加してるだけだし。今日は峻也ととことん呑む！」

陽気に拒否された。

送り届けてやるから安心して呑んで、などという優しい囁《ささや》きと、峻也は断れないでしょ、という脅しともとれる言葉がミックスされて、拒むに拒めず。そのうち酔いが自制心を鈍らせ、勧められるまま呑み続けてしまった。


物音に、目が覚める。

目の前に喉仏、はだけたシャツ、逞しい胸元。喉の渇きと、頭痛。

これはいったいどういう状況なのかと記憶を辿《たど》ろうとしたのだが、いきなり腕を強く引かれ、無理に上体を起こさせられる。

引っ張っているのは誰なのかと振り仰《あお》げば、桐が険しい顔で立っていた。

「え、桐？」

「なんだよ、これは——どういうことだよ！」

激しい怒りをぶつけてくる桐に疑問符が膨らむ。

「え、なにって……」

こちらが訊きたいくらいだと、見たこともないような桐の剣幕に困惑しながら、周囲を見回す。

自分の部屋のシングルベッドの上、横にくっつくようにして寝ていたのは近江だった。

「んー、なんだぁ？」

桐の怒鳴り声に、近江も目を覚ます。

「昨夜……近江さんと一緒に呑んで、酔っぱらって、家まで送ってもらって……もう遅かったから、泊まっていってくださいって俺が言った……ような気がする」

頭痛の奥から漠然とした記憶を絞り出して説明する。

「そうそう。酔っぱらうと強いよなあ、峻也。なんかもう、強引にベッドに押し倒されて、襲われるかと思ったよ」

近江はベッドに肘《ひじ》を突いて桐を見上げ、起き抜けのわりに飄々《ひょうひょう》と冗談を言った。

桐の眼差《まなざ》しはいよいよ尖《とが》り、近江の手が峻也に向かって伸ばされるのを見るなり、引き離すように峻也の腕をさらに強く引いた。ベッドから転げ落ちそうになった峻也の体を、すくい上げるようにして抱きしめる。

「――!?」

展開についていけない峻也は、されるがまま桐の腕の中。胸に体を預け、呆然《ぼうぜん》としていた。酒が残っているせいか、反応が鈍い。遅れて心臓がドキンと高鳴った。

すっぽりと腕の中に収まっている自分が信じがたい。

「おいおい、どこのお子様だよ。お兄ちゃんは俺のもの！　てか」

呆れたような声が聞こえて、こんなところを見られている恥ずかしさがこみ上げてきた。じたばたするが、桐の腕の力が強くなって離れられない。

「俺のものだよ。さっさと帰れ」

低い声できっぱりと肯定され、売り言葉に買い言葉なのだとわかっているけれど、馬鹿みたいにドキドキしていた。これもやっぱり酒のせいなのか。

「聞きしにまさるジャイアンっぷりだ。どれだけ自分が恵まれてるか、まるでわかってない。本当、幸せなお坊ちゃんだな」

蔑《さげす》むような近江の声を聞いて、峻也の心が冷えた。

そんなことで桐を責めるのはやめてほしい。それはどれも桐の愛すべきところで、責められるべきところではない。

「あんたの不幸自慢に付き合う気はねえよ。本気で手に入れようとしない奴に、手に入れられるものなんかなにもない。帰れ」

突き放すような冷たさはあったけれど、桐の声はとても落ち着いていた。桐の言う本気がなにを差しているのか峻也にはわからなかったが、近江にはわかるのか反論が聞こえない。

「桐、ちょっと離して」

言えば桐は腕の力を緩めてくれた。

振り返れば、近江はかなり攻撃的な顔で桐を睨みつけていた。温和な顔しか見ていなかったので、裏の顔を見てしまったような気分になる。

「すみません、近江さん。今日は帰ってもらっていいですか。送ってもらってありがとうございました」

頭を下げると、近江が大きく息を吐き出した。

「子供の面倒見るのも大変だな、峻也。……嫌になったらいつでも家においで。狭いけど峻也ならいつでも大歓迎だから」

わざとのように甘く言って、近江は部屋を出て行った。

近江はただ、桐の気に障りそうなことをしたいだけなのかもしれない。もしかしたら自分を呑みに誘ったことさえ、その延長なのかもしれないと疑う。

しかし今はそんなことはどうでもよくて——。

「峻也峻也って、なんなんだよ、あいつは！」

桐は塩でもまきかねない勢いで、怒りを峻也にぶつけてくる。

「ちょっと落ち着け。なにをそんなに怒ってるんだ、おまえは」

そもそもなぜここに桐がいるのか。いつも勝手に部屋に入ってくる奴ではあるけれど。

「なにをだと？　鈍いにも程がある」

鈍いと言われ、ムッとして言い返す。

「おまえと近江さんがライバルで仲悪いってのはわかるけど、近江さんはそんなに悪い人じゃないぞ。ここに泊めたのも、俺が泊まれって言ったからだし。あの人、天涯孤独で寂しいんだ。誰にも頼らないで自活して……。不幸自慢とか言うのはやめろよ」

近江は捨て子だったのだと聞いた。親とか、家庭とか、そういう温《ぬく》もりは知らない、ただひたすら死なないために生きてきたのだと、酒を呑みながら近江は淡々と語った。幸せな家庭に育った人間には、絶対にわからない孤独だとも言っていた。

「それが不幸自慢でなくてなんなんだ。お優しい峻也の気を引きたかっただけだろう」

「確かに俺は他人事《ひとごと》だと思えなかったよ。優しいからじゃない。ここに引き取られなかったら、俺もそうなっていたかもしれないから」

美姫がいるから本当の孤独ではなかったかもしれないけど、ひとりでなんとかしなくちゃと、もっと生きることに必死だっただろう。

「だからなんだってんだ。過ぎたことをグダグダ言ってたら、なにか変わるのか⁉　他人の幸せ妬《ねた》んでたらなにか変わるのかよ」

桐の言うことは正しい。不幸だった過去を振り返ってもどうにもならない。

「おまえにはわからないよ。近江さんは俺ならわかってくれるんじゃないかと思って話したんだろう。同情よりも、理解が欲しくて」

どちらの言い分もわかるから、ここにいない近江の言い分を代弁する。しかしそれは当然ながら桐を怒らせた。

「ああわかんねえな、俺は幸せな子供だからよ！　恵まれなかった奴の僻《ひが》み根性になんか、付き合ってられるか」

「僻み根性って……おまえはいつも言い過ぎなんだよ。もうちょっと相手に対する思いやりってもんを――」

「思いやり？　おまえにはわからないって、切り捨てておいてそれを言うのか⁉」

「それは……」

桐の激昂《げっこう》に怯《ひる》む。

桐の言う通りだ。わかるもんかと突き放しておいて、思いやれだなんて勝手すぎる。育った環境が違うからわかり合えないなんて言ったら、誰ともわかり合えなくなってしまう。

考えなしなことを口走って相手を怒らせる――そんな失敗はもう久しくしていないつもりだったけど。

「俺は歩み寄ってやろうと思ったんだよ。でも、部屋に来て峻とあいつがくっついて寝てるのを見た瞬間、全部飛んじまった。おまえ人にくっつかれるの苦手じゃなかったのか？　あいつなら平気なのか？」

桐がそのことに気づいているなんて知らなかった。人にくっつかれると緊張してしまうとは誰にも言っていない。自分でもうまく説明できない微妙な感覚なのだ。巧くごまかせていると思っていた。

「施設育ちならそんなに簡単に信用してもらえるのか？」

迫ってくる桐に気圧《けお》され後ずさる。桐はわざとやっているのか、上から威圧するように見下ろしてきて、峻也はベッドにしりもちをついた。

「違う、たぶん酔ってたから……。近江さんがっていうんじゃなくて——」

「もうあいつの名前を口にするな！」

体がビクッと震えるほどの怒声。桐はきつく眉根を寄せて、峻也の襟元を摑《つか》んで乱暴に引き上げた。

怒りのオーラをまとって近づいてくる顔が、峻也の記憶の中のなにかと重なる。反射的に顔の前で腕をクロスさせ、逃げるように身を縮めていた。

「ごめん、……なさい」

ギュッと瞑《つぶ》った黒い視界に、古い記憶が再生される。怒りに理性を失った鬼のような父の顔——。

すぐに襟元を摑んでいた手は外れたが、峻也は次を覚悟する。蹴《け》りが入るか、なにかが振り下ろされるか。自分にできるのは、小さくなって嵐が過ぎ去るのを待つことだけ。

「峻……？」

「ごめんなさい、もうしないからっ！　……ごめんなさい、ごめんなさい……」

ひたすら謝って耐える。そうしていれば、そのうち父は飽きて、しばらくすると泣きはじめるのだ。俺は父親失格だと言って。

だけど今日は違った。恐怖に震える体を抱きしめてくれた。

「峻……ごめん。ごめん、俺は殴るつもりだったわけじゃ――」

ギュッと強く、温もりに包みこまれた。背中をさする手からは戸惑いと優しさが伝わってくる。体の強張《こわば》りが取れるまで、ずっとさすり続けてくれた掌《てのひら》に過去の痛みは吸い取られていった。

「峻、俺は絶対殴るなんてしないから。……絶対」

桐の必死な声。泣きそうな声。久しぶりに聞いた。

「桐……ごめん」

「峻!?」

覗きこんでくる顔にはもう怒りの欠片《かけら》すら見えなかった。心配そうな、不安そうな、そしてとても後悔している瞳。昔の傷を抉《えぐ》りだしたことに、桐の方が傷ついているような顔だった。

「もう大丈夫。ごめんな、こんなみっともない……」

顔がまともに合わせられない。自分でもびっくりしているのだ。急にこんな子供返りするなんて思ってもみなかった。父親のことで思い出すのは悔恨ばかりで、恐怖はもう忘れたつもりだった。

「謝るな。峻はなにも悪くない。みっともなくなんてない」

もう一度ギュウッと抱きしめられた。

その腕の中で峻也はふーっと静かに息を吐き出す。

父親と桐をダブらせるなんてどうかしている。桐はわがままだが、むやみに暴力をふるうような人間ではない。脳をアルコールに浸食されていたのか。やっぱり酒なんか呑むもんじゃない。自分にとっては鬼門なのだろう。

「ダメだな、やっぱ俺は幸せなガキで……クソッ……」

違う。そうじゃない。桐が悪いわけじゃない。

「悪いけど、ちょっとだけひとりにしてくれるか」

言えば桐が悲しそうな顔をする。ここが頼るべきところなのかと思うけど、あまりに自分が混乱していてそれを試みる余裕はなかった。桐に言ってやるべき言葉も見つからなかった。

「それと……美姫には絶対、言わないでくれ」

美姫にはほんの少しでも思い出してほしくないのだ、あの頃のことを。

桐はわかったと小さく言って部屋を出て行った。

ひとりになって、ベッドに仰向けに倒れる。なにがなんだか……頭がグルグルする。二日酔いの頭痛よりも強烈に、心が痛い。

桐は峻也が子供の頃に父親から虐待《ぎゃくたい》されていたことを知っているはずだ。

ここに引き取られてきたばかりの頃、普通よりかなり元気な子供だった桐は、気に入らない相手を突き飛ばしたり、殴り合いの喧嘩をしたりというのは日常茶飯事だった。いじめっ子というほどではないにしろ、乱暴者であることは確かで、そのなにげない攻撃は時に峻也にも向けられた。

殴られそうになると身を硬くして震えが止まらなくなる峻也を、桐は「峻は弱虫だな」などと言っておもしろがっていた。しばらくは手を上げるふりをして、「嘘だよー」などと峻也をからかったりしていたのだが、それがある日ピタリとなくなった。

どうやら見かねた美姫が、その原因を桐に話したらしかった。つまりは父親に日常的に暴力をふるわれていたのだということを。

その日から今日まで、桐に手を上げられたことはない。本当にただの一度たりとも。

だからさっきのは、それだけ本気で怒っていたということなのだろう。

そんなに近江が嫌いなのか。いや、一番まずかったのは、おまえにはわからないと突き放してしまった、自分の考えなしの行動に違いない。

自分だったら絶対に言われたくない言葉の筆頭だ、それは。これまでの十年を無にしてしまう言葉。出会ったばかりの近江との方がわかり合えると言われれば、怒るのが当然だ。

自分の軽率さに反吐《へど》が出る思いだ。

でも、出した言葉は取り戻せない。桐の心につけた傷はどうすれば癒せるだろう。

自分によみがえった過去の疵《きず》は、桐の手があっという間に癒してくれたけど……。

とても優しい手だった。桐の腕の中は温かくて安心できる場所だった。美姫の膝枕《ひざまくら》とは違う力強さで、強張った心を柔らかく解《ほぐ》してくれた。

自分が抱きしめたら、桐は同じように感じてくれるだろうか。はたしてそんな力があるだろうか。

「桐……」

どうしても失いたくない。失えないのだ。自分が桐の優しさに依存していたのだと初めて気づいた。

桐は、峻也がどんなに偉そうなことを言っても、普通なら絶対に怒るはずの失言にも、口以外で反抗してくることはなかった。だから言いたいことを言えたのだ。

なにを言っても殴られたり蹴られたりすることはない——乱暴者だった桐が長年かけて築き上げた信頼。その上にあぐらを掻《か》いて、当然のように思っていた自分。

充分すぎるほどに甘えていたのだ。

峻也は大きく息を吸って、吐き出し、勢いよく体を起こした。


桐の部屋のドアをノックするが、応えはなく、開けてみれば中は無人だった。階下に降りてリビングに行くと、藤がひとりソファに座っていた。

「桐が来なかった？」

「頭冷やしてくるって、走りに行った。走ったら熱が上がりそうなもんだけど、あいつの場合、体を熱くすると頭が冷えるらしいよ」

「そうか」

それなら待っていればそのうち帰ってくるだろう。少し間を置いて藤の横に腰かける。

「なにやったの、あいつ」

「……やったっていうか……俺がちょっとね」

情けない話だったが、藤には隠さず事の次第を話した。

「なるほどね。そんな楽しいことになってたんだ。見学したかったな」

「は？　──おまえなあ……なんも楽しいことなんかないだろ」

思いがけぬ返しに、峻也は眉を寄せて藤を見つめる。

「まあ、峻のトラウマのくだりは笑えないけど、その他はねぇ」

「別にトラウマとかじゃないぞ」

即行で否定した。

「いやいや立派にトラウマだろ。まあ今まで峻に手ぇ上げる奴なんていなかったから、わかんなかったんだろうね。全部桐が排除してたし」

「排除？」

「昔ほら、苛《いじ》められてたことあっただろ、峻」

「え、ああ」

桐のせいで絡まれていたことも多かったけど、施設から来た佐倉家の召使い、みたいに言われていたこともあった。それもほんの一時のことだったけど。

「そういう奴ら見つけたら全部ぶん殴ってたし、峻のクラスに密偵も置いてた」

「密偵って……」

「あいつの舎弟。歳上だけど舎弟。なにかあると逐一報告してくる。報告があると桐が即、始末しに行く」

ニヤッと藤は笑う。初めて聞く話に峻也は驚いていた。

そういうことは早く教えてほしかった。なにも知らずに兄貴面していた自分がとても恥ずかしくなる。

「あいつが峻を殴るなんてないよ。となれば、桐はなにをしようとしたんだと思う？」

「え、それは……、怒った勢いで思わず手が出ちゃっただけなんじゃ」

他に考えつかなくてそう言うと、藤がいきなり峻也の襟元を鷲摑《わしづか》みにして、グイッと己の方に引き寄せた。峻也は思わず身構える。

「俺も峻を殴るなんてしないよ」

そのままの体勢でにっこりと藤は言う。

「わかってる」

目線が同じならそれほどの恐怖は感じないらしい。怒りのオーラとか勢いとかもあるのだろうけど。

「でもたぶん、俺になら殴られてもしょうがないって思うようになるよ、峻は」

「え？　それってどういう……」

問い返そうとしたが、藤が顔を寄せてきて何事かと思わず黙る。

「俺なら全然平気でしょ」

「……平気だよ」

藤の意図がわからない。怖がらせようとでも思っているのか。殴ろうなんていう気配も見せないで。慣れない距離に若干の緊張はあっても、藤なら平気だ。

数センチのところで目が合っていたのだが、藤の視線がスッと峻也の背後へと逸《そ》れた。

「冷えた頭がまた沸いちゃったかもな」

藤は笑みを浮かべて呟《つぶや》き、峻也の襟元を摑んでいた手を離して立ち上がった。藤の視線を追って振り返ると、ドアのところに桐が立っていた。

「藤、おまえ……」

桐が呆然と呟く。

「ないよ。比較対象をプレゼントしてやっただけ」

藤は桐にも至近距離まで顔を寄せ、囁くように言ってリビングを出て行った。

桐はしばらくその場に立ち尽くし、なにごとか思案していたが、踏ん切りをつけるように
ひとつ大きく息を吐いて、歩きだした。

峻也のところまで藤の声は聞こえなくて、なにを言ったのか訊きたかったのだが、桐が横に座るとそれどころじゃなくなった。くっついているわけじゃないのに、桐は走ってきたせいか体温が高く、それが伝わってきて落ち着かない。

今までのそばに寄られて緊張する感じとは少し違う。だけどなにが違うのか明確に言葉にすることはできなかった。

「さっきは悪かった。ごめん」

口火を切ったのは桐だった。膝に肘を突き、体を前傾させて前を向いたまま、峻也の顔は見ずに謝る。

「謝らなくていいよ。俺がちょっと早とちりして……酒も残ってたのかもしれない。全然、問題ないから。俺も変なとこ見せて、ごめん」

自分の過剰反応が恥ずかしく、酒のせいにしてしまった。

「別に変なとこじゃねえよ。ちょっと可愛かったし……」

「は？」

小さな声で付け加えられた言葉が聞こえなくて聞き返した。

「なんでもないっ。あの……峻は酒あんまり呑めないって言ってただろ。あいつとだと呑めんのかよ」

桐は早口で話を逸らしたが、それが責めるような口調になって、失敗したという顔になった。それには気づかないふりで峻也は答える。

「あんまり呑めないっていうか、呑まないようにしてたんだ、酒は。近江さんだから呑んだってわけじゃなくて、歳上の人と呑んだことなくて、巧く断れなかった。でも、やっぱりもう呑まないよ」

今まで酒はなるべく遠ざけてきた。父のようにはならないという自信はあったけれど、自分がそんなに強い人間ではないことも知っているから。危うきには近寄らないつもりだったのだ。

だけど昨夜《ゆうべ》は断りきれなかった。その理由は相手が歳上という以上に、弱みを握られているという意識だったのかもしれない。それは桐には絶対言わないけど。

「呑むのはいいんだよ。酔ってもかまわない、けど……あれはやめろ」

「あれって……どれ？」

「男とくっついて寝るな。女ならかろうじて耐えられる気がするが……男だとまたキレないっていう自信がない」

「なんで男がダメなんだ？　男友達と酔って寝てしまうくらい、普通だろ？」

一般的にはそのはずだ。男友達と酔いつぶれるなんてよくあることだろう。人に接近されるのが苦手で、あまり深酒をすることもなかった自分には、今までほとんど縁のなかったシチュエーションだが。

「男なら普通、ね……」

桐は独り言のように呟き、それっきり黙り込んだ。

「桐？　どうした？」

長い無言を不審に思って、峻也も上体を前にのりだして、桐の顔を覗き込もうとした。しかし急に桐がこちらに顔を向けて、間近に目が合う。

ビクッとしたのは、もちろんトラウマが発動したわけではない。桐は真剣な顔をしていたが、怒っているわけではなく、逆に異様なまでに表情がなかった。

その真《ま》っ直《す》ぐな眼差しに射貫かれて鼓動が走り出す。

「どう、したんだ？」

自分を落ち着かせるように、峻也はもう一度問いかけた。

顔はさっきの藤より少し遠いくらいの距離にある。なのにどうしてこんなに、胸がざわざわと落ち着かないのか。また怒鳴られるのを怖れているのか。

——いや、そうじゃない。

本当はもうわかっている。桐は特別なのだと。

胸の中に、桐にだけ反応するなにかを飼っている。それがいつからそこにいるのかわからないし、どういう生き物なのかも判然としないけど。

じわりと距離を置こうとしたら、腕を摑まれた。

「じゃあ男の俺が触っても、問題ないってことだよな？」

「え、いやそれは……」

答えようとして言葉に詰まる。

たった今、特別なのだと認めたばかりだ。いったいどんな顔をして、なにを言い返せばいいのかわからない。近づいてくる顔にどんな対応をすればいいのか……頭が真っ白になる。

結局なにもできずに固まっていると、桐の手が優しく耳を撫《な》でるようにして包み込んだ。

さらに顔が近くなって、唇の先にカサッとなにかが当たった。

その時――ガチャッと音がして、峻也は弾《はじ》かれたように桐から離れる。

ドアを開けて入ってきたのは、さっき出て行ったばかりの藤だった。リビングのドアは木の枠組みで小さなガラスが六枚入っているのだが、磨《す》りガラスなので中の様子は見えない、はずだ。

それにしては、計ったような絶妙のタイミング。

「どうしたの？　顔が赤いけど、峻」

藤はなにくわぬ顔で声をかけてきて、峻也はますます赤くなってしまった。桐に触れられた耳が燃えるように熱い。

桐の方をちらりと窺《うかが》えば、どこか楽しそうな笑みを浮かべてこちらを見ていた。

「な、なんで、おまえ——」

なぜそんなに余裕なのか、文句を言いたいけど巧く言葉が出てこない。自分だけがあたふたして、だんだん怒りが込み上げてきた。桐を睨みつけて立ち上がる。自分が真っ赤なのは頰《ほお》の熱さでわかっていたから、とにかく今は誰の視線もないところに行きたかった。

逃げるようにリビングを出ようとしたのだが。

「どこ行くの、峻。親父から新しい指令が来たから、内容を教えようと思って来たんだけど」

横を通り抜けようとした峻也の腕を摑み、藤は冷めた声で言った。

今の峻也には嫌がらせだとしか思えない。

「す、すぐ戻るよっ」

キレ気味に言って腕を振り払い、峻也は階段を駆け上がって自分の部屋へと逃げ込んだ。バタンッと大きな音をさせてドアを閉め、その場にうずくまる。

「あれは……やっぱりアレだよな」

触れたのは一瞬、唇のほんの先のところにかすった程度。キスと呼ぶのもおこがましい接触。しかし問題は、それが成立したかどうかではない。しようとしたこと自体が問題なのだ。

「あいつ、俺にキス……しようとした……」

呆然と呟き、唇に触れないように片手で口を覆う。

いったいどういう意図があれば、男に……兄にキスをしようなどということになるのだろう。

思考力が落ちている頭で必死に考える。直後に桐が笑っていたことを思い出し、

「か、からかわれたのか」

ひとつの結論に達した。そして、もしかしたら藤も共謀して……という疑惑が浮かび、否定する材料は見つからなかった。

あの二人は目だけで話ができるのだ。過去、二人にからかわれた数々の苦い思い出がよみがえる。

顔の見分けがつかなかった頃には、わざと入れ替わっては間違えられたと傷ついた顔をし、こちらが謝ると笑って馬鹿にするという質の悪いいたずらをしていた。しかしそんなのは序の口で、寛吉が加わってからはさらに悪質で凝ったいたずらが増え、だがそれも中学卒業くらいをピークに落ち着いていった。

最近はあいつらも大人になったと油断していたのだが……これがいたずらの進化形なのか。

演技も演出も大人バージョンになって、こんなのはすぐにいたずらだと看破できるわけがない。

二人が「引っかかった」と大喜びしているところを想像して怒りが込み上げてくる。真に受けて真っ赤になってしまった自分を、笑っているに違いない。

妄想は膨らみ、それがまごうことなき真実だと思えてくる。見つめられてドキドキしてしまった自分が腹立たしい。桐は特別だと思ってしまったことさえも。

「俺は女じゃない。キスなんて……絶対馬鹿にしてる」

そう思うべきだと声に出して言ってみたが、どうもしっくりこない。嫌悪感は一切なく、心臓が馬鹿みたいにドキドキしている。

——これでは……これではまるで嬉しい……みたいだ。

俺ですら俺を馬鹿にするのかと、自分にまでムカついてきた。

だけどなかなか鼓動は落ち着いてくれない。でも、たぶんこれは、初めてだからだ。恥ずかしながら、女性ともキスをしたことがない。だからびっくりして、ドキドキしてるだけ。

答えを見つけたような気がしたが、でもすぐに藤に同じくらい顔を寄せられたことを思い出した。「平気だ」と、自分で言ったのだ。

——いや、あの時は近かったけど当たってなかったから……。

無理やり自分を納得させて立ち上がる。

混乱して長く部屋にこもっているほど、あいつらの思う壺だろう。とにかく平然とした顔で、なにごともなかったように戻るのだ。それがせめてもの意地というか、なけなしのプライドというか……。

階段を下りてリビングのドアを開ける。二人はコの字形のソファの二辺に距離を置いて座っていた。同じ顔の男前が同じように長い足を組んで、入ってきた峻也へと目を向ける。

峻也は心の中で、堂々と……と唱えながら、ソファのもうひとつの辺に腰掛けた。だけどどうしても桐の目が見られない。

「で、宗次郎さんはなんだって？」

微妙に目線をずらしながら問いかけると、二人が同時にプッと噴き出した。

「やっぱりか」

「言っただろ」

二人だけで会話が成立し、わかっているふうなのが実に疎外感で。

「やっぱりおまえらグルだな。俺をからかったんだろ！」

こっちだってわかっているのだとばかりに怒鳴ると、笑い声はさらに大きくなって、

「ム、ムカつく――」

キッと睨みつければ、徐々に笑いは収まっていった。

「別にからかってねえよ」

「嘘つけ」

桐の言葉を即座に切り落とす。

「いや、峻の反応があまりにも予想通りだったから、ツボッただけ。マジでからかってねえから」

表情を穏やかな笑みに変えて桐はもう一度言った。

「じゃあ……なんなんだよ」

他の可能性には思い当たらなかった。

「触っていいんなら触るかと思っただけだけど」

「……さ、触ってって……触ってただろ、おまえは今までだって」

桐の言いたいことがよくわからずに、ただ思いつくまま反論する。

藤はそんなやり取りをおもしろがるように見ていた。桐のことが好きなくせに、なんでそんなに余裕でいられるのか。八つ当たりしたくなったが、今はそういう場合でもない。

「今までのは、全部冗談にしてやってただろ」

言われて思い返してみれば、そうだったような気もする。いつも明らかに冗談だとわかる触り方で、さっきみたいに真剣な顔で迫ってこられた記憶はない。

「じゃあ……じゃあ、今のは……？」

なんだというのか。

問いかけたが、答えが返ってこない。桐からも、もちろん藤からも。

「おい、」

なおも答えを求めようとしたのだが、

「たっだいまー」

陽気な声が割って入り、峻也は口を噤《つぐ》んだ。

「ただいま」

帰ってきたのは寛吉と美姫。

「おかえり」

これ以上の追及は諦《あきら》めざるをえなかった。美姫は迷うことなく峻也の横に座り、その横に寛吉も座って、話は父からの指令のことに移ってしまった。

どうやら自分には、見えていないことが……わかってないことがたくさんあるようだ。

触りたいから触ったという言葉の意味は？　冗談ではなく——ということは、本気で触ったということか。それじゃあ本気でキスをしようとした、ということ？　いや、そんな……そんなことがあるはずがない。

答えを見つけたいようで、見つけたくないようで。峻也は困惑して、無意識に桐の方へと目を向けた。じっとこちらを見ていたらしい桐と目が合って、慌てて逸らす。

目が合っただけで顔が赤くなりそうになってしまった。

「峻、聞いてる？」

ひとりそわそわしている峻也に、寛吉が非難するような声を向ける。

「ああ、聞いてる。家出娘を捜せっていうんだろ」

概要は一応耳に入っていた。

宗次郎からの新たな指令は、知り合いの政治家の娘を捜してほしい、というものだった。いなくなった娘は美姫と同い年の十七歳、高校二年生。一週間前から家に帰ってきておらず、連絡も取れない状況。

宗次郎もさすがにそれは警察に頼んだ方が、と言ったらしいのだが、政治家というのはとかく世間体を気にする生き物で、おおっぴらにはしたくないのだという。それに、お嬢様は普段から素行がいいとは言い難く、ただの家出という可能性が高いらしい。

しかし事件に巻き込まれている可能性もないではない。知り合いの興信所に調査を依頼しているが進捗状況《しんちょくじょうきょう》は芳しくなく、噂の佐倉さんにも捜してはもらえまいかとねじ込まれた、という話。

娘の安否は世間体の次に心配、ということらしい。

『居場所の見当もつかないっていうから、美姫の力が活かされる案件とも思えないんだが。若い娘さんが心配だという気持ちはわかるし、政治家さまのご機嫌を損ねたくもないし。居場所さえわかれば安心するだろうから、ちょっと探ってやってみて。よろしくー』

宗次郎の伝言は軽い調子だったが、行方のわからない子供を心配する気持ちは人一倍よくわかるはずだった。息子を捜してほしいとボロボロ泣きながらテレビで訴えた宗次郎には、子供より世間体を優先する気持ちはわからないだろうけど。そして、なにがあっても切り抜けられる人間になるようにと、子供に自らミッションを課す宗次郎の気持ちは、ほとんどの親に理解できないところだろう。

「で、俺と美姫でその娘の部屋に行ってきた。顔写真と手がかりをもらいにな」

顔写真はもちろんすぐに手に入ったが、手がかりは興信所の人間も調べたあとで、それ以上のものを発見するには至らなかった。つまりそこをたどっても興信所の後追いをするだけになる。こちらの武器は、美姫の力と年齢が近いという点のみ。

「娘の名前は山田良美《やまだよしみ》ちゃん。学校は大和撫子《やまとなでしこ》育成で有名な神山女学院。不純異性交遊は厳禁という古風で厳格な校風で、今時ギャルの良美ちゃんは超浮きまくっていたらしい。辞める辞めないで学校とも親とも揉《も》めていたんだそうな。あと、付き合ってた男の名前がケンジで、夜の商売をしているらしいということが興信所の調査でわかっている。ってとこかな。これが良美ちゃんの写真ね」

寛吉がメモを見ながら一通り説明し、テーブルに写真を数枚載せた。

生徒手帳に載っているような正面向きの写真には、すっぴんで長い黒髪を三つ編みにした純朴そうな少女が写っている。しかし他の写真は、目の周りを強調した濃い化粧に金色の巻き髪の、繁華街で釣り糸を垂らせば百人は釣り上げられそうなありきたりのギャルが写っていた。

見分けがつくだろうか不安になったが、桐と藤を見分けられるようになったのだからなんとかなるだろうと、変な自信に支えられる。

「ま、女子高生に聞き込みするのが一番なんじゃないかな。興信所のおっさんには話してくれなくても、格好いいお兄さんとか、同年代の女子になら話してくれるかもしれない」

寛吉が言うと、桐がニヤッと笑った。

「なーるほど。ということは、おまえは誰かと行動を共にするってことだな。単品じゃどっちにも該当しねえからな」

「いちいちうるっせえな。いいんだよ、俺は美姫と一緒に回るから」

寛吉は美姫に微笑みかけたが、美姫はあしらうような冷たい笑みで応える。それでも嬉しそうな寛吉は、子細を気にしない大物か、ただのMか。

「おまえじゃボディーガードにもならねえだろ」

「バーカ、おまえ。人を護《まも》るのが腕っ節だけだと思うなよ。頭を使えば窮地をしのげる……ことも多い」

そんなことを胸を張って言い返せる寛吉はやっぱり大物……か、なにかが足りないのか。

「じゃあ、寛吉と桐で美姫をガードして一緒に回ればいい。で、俺と藤は単独で聞き込みに回る、と。俺も格好いいお兄さんは無理だけど、まあなんとかなるだろ」

峻也がまとめる。

「お兄ちゃんみたいな誠実そうでギラギラしてないタイプ、意外にギャル受けがよかったりするのよね……」

美姫はどこか不満げに言って、他三人も同意するようにうなずく。

「美姫、意外にってそれ、あんまりフォローになってないぞ」

「フォローじゃなくて、ギャルに近い人間の率直な意見よ。それと、三人一緒に回るなんて非効率的だし、私は街を歩くだけでいいんだから、ひとりでもいいよ。携帯だってあるし」

「ダメ。ひとりは絶対ダメ！」

美姫の提案は峻也が速攻で却下した。過保護といわれようと、美姫を危険にさらすくらいなら、捜索を断る。

「はいはーい。やっぱ客観的に考えても、俺と美姫が一緒に回って、あとは単品で聞き込みに回るってのが一番効率がいいだろ。大丈夫、俺の美姫だから、死ぬ気で護るって」

寛吉がパンパンと手を叩《たた》いて注目を集め、結論というように言った。

客観的と言いながら、最後には思いっきり主観的な意見が入ったが。寛吉が「俺の美姫」呼ばわりするのはいつものこと、聞き慣れすぎていちいち突っ込むのも面倒くさかった。そしてたぶん、死ぬ気で護るというのも大げさではない。腕っ節は強くないが、寛吉なら臨機応変になんとかするはずという信頼はあった。

「じゃあまあ、それでいいけど」

美姫を護る役は自分が買って出たいところだったが、情けないことに腕っ節も機転の利き具合も弟たち以上である自信はなかった。自信があるのは絶対に護るという気持ちだけ。任せるところは任せた方が美姫のためになると、最近は思えるようになってきた。

「お兄ちゃん、今日はバイトないの？」

「あ、うん。珍しく連休入ってたから」

シフトを変更しなくてよかったのはラッキーだった。まあ、今回はひとり抜けても問題はなさそうなので、わざわざバイトを休む必要はなかったかもしれないが。

「藤くんも？」

「俺はそもそも週に二日くらいしか入れてないからね」

藤は美姫の問いかけにうなずきながら言った。

「こういう聞き込みは夜の方がよさそうだけど……ま、みんな暇みたいだし、ちょっと早いけど、行くか」

勘吉の言葉に誰からも異議はなく、立ち上がってぞろぞろと玄関へと向かう。

「じゃあ今日は、一番張り切ってるっぽい寛吉くんどうぞ」

峻也の指名に寛吉がやあやあと片手を上げ、玄関先で五人、円陣を組んだ。

「じゃ。……良美ちゃんを捜せ、大作戦！　行くぞ！」

「おー！」

「無事に帰るぞ！」

「おー！」

儀式をこなして外に出る。

「良美ちゃん、ただの家出だといいね」

十年前にも美姫は同じようなことを言った。行方不明だった桐が見つかるといいね、と。

「そうだな」

峻也も十年前と同じ返事をした。

あの時と同じように他人事で、だけどあの頃よりも気持ちに余裕がある。

今、美姫を護ろうとするのは自分ひとりではない。任せられる人がいるというのは、とても幸せなことだと思った。


「俺たちはまずぐるっと車で流してみる。美姫様のアンテナにビビッと来るところがあったら連絡する」

そう言って寛吉は美姫と車に乗り込んだ。

「あ、俺も乗っていく。家出娘の行きそうなところに心当たりあるから、そっちから当たってみる。途中で降ろして」

後部座席に乗り込んだ藤は、桐と二人で残された峻也に向かって微笑みながら手を振った。本当に心当たりなんてものがあるのか、ただの嫌がらせじゃないのかと深読みしたくなる。

「行くぞ」

桐がそう言って歩き出した。

「おお」

薄暗い夜道をよくわからない気詰まりを感じながら、肩を並べて歩く。

聞き込みはまず、神山女学院に一番近い繁華街からはじめることにする。そこは佐倉家からも一番近い繁華街で、歩いて五分程度しかかからない。大和撫子学校の生徒は繁華街には少なそうだが、皆無ではないだろう。

桐と二人きり。それなら話したいことがあるはずなのだが、どう切り出せばいいのかわからなかった。

どうしてキスしたのか。からかうのでなかったというなら、いったいなぜなのか。訊きたいことは、まとめてしまえばそれだけ。

峻也でも思いつける答えがひとつあったが、あまりに荒唐無稽すぎて口にする気にもなれなかった。正解は本人に訊けば一発でわかるのだろうけど……。

自然とまた溜め息が漏れた。

「俺と一緒は憂鬱《ゆううつ》か？」

溜め息が聞こえたのだろう。遅れがちになる峻也を振り返るようにして桐が問いかける。

「いや、別にそういうわけじゃない」

峻也は慌てて桐の横に並び、笑顔を浮かべてみせた。

桐は疑わしげな顔をしたが、一緒にいるのが嫌だなんて思ったことは、本当に一度もなかった。ただ少し困っている。自分の立ち位置が見つけられなくて。

兄でいてもいいのだろうか。桐は自分になにを求めているのか——。

求められることに応えたい気持ちは強いのだけど、応えられなかったらと考えると怖くなって、曖昧なまま今を続ける。

なぜ桐は無言なのか。なにかしら考え込んでいるふうではあるのだが。会話がないと歩く速度は上がる。気がつけば繁華街にたどり着いていた。

駅に近い広場にある時計を見れば、もうすぐ夜の六時になろうかというところ。繁華街が盛り上がるにはまだかなり早い時間。だけど連休初日の高校生には充分にオンタイム。若者が集まる店はもうかなり混《こ》み合っていた。汚れることもかまわず道端に座り込んでいる若い男女も多い。

「とりあえず若者が多いのはあっちかな。あの通りを手前と奥から攻めていくか」

峻也はモヤモヤする気持ちを胸の奥に押し込み、目先の仕事へと目を向ける。

「若者っておやじくせえな」

突っ込まれて睨めば桐が笑った。普通のやり取りにちょっとホッとする。

「高校生くらいの女の子だけでいいのかな、声をかけるの」

「いいんじゃねえの」

グレーのTシャツに黒のベスト、細身のジーンズをはいた桐は、道の脇に気だるげに立っているだけで、女の子たちの視線を集めていた。桐が一言、「女の子集まって」と言えば、かなりの数が集まるのではないだろうか、なんてことを思う。

いつもの桐なら、そういうこともおもしろがってやってくれそうなのだが、今日はまったくそんなおどけた空気がない。

「なんか今回、やる気湧《わ》かねえんだよなぁ。今までは諸々の憂さ晴らしっていうか、気ィ散らすのにちょうどよかったけど。やっぱここまで煽《あお》られて保留って……キツイわ」

不満そうにブツブツと文句を言う。なぜ自分が睨まれているのかよくわからないのだが。

「嫌なら帰っていいんだぞ。強制ってわけじゃないんだから」

「俺だけ帰れって？　それこそ意味ねえだろ」

やっぱり不機嫌そう……というか、これは拗《す》ねているという方が近いかもしれない。その理由も、言葉の意味もはっきりしなくて、なんだか苛々《いらいら》してくる。

「……俺は帰らないぞ」

突き放すように言ったのだが、桐はなぜかニッと笑った。

「わかってるよ。峻の性格上、途中で放り出さないっていうのは。だから、一緒に回ろうぜ」

「は？　ひとりずつで回るって話だっただろ」

「だってこのあたり変なの多いし……」

桐はなんの気なしに発した言葉だろうが、峻也の癇《かん》に障った。

「なんだよ。俺が頼りないから心配してくれてるわけ？」

低い声で問えば、桐は少し焦った顔で目を泳がせた。

「いや、そうじゃなくてほら、このまま俺がやる気ないって帰れば、結局峻がひとりで回ることになるだろ。でも峻と一緒なら俺もかろうじてやる気になるから、同じことなら二人の方が、スピード上がるし、いいんじゃねえの？　っていう提案」

「なんだよ、それ。一緒じゃないとヤだって、子供か、おまえは」

「はーい、子供でーす。だから一緒に回ってよ、お兄ちゃん」

「調子いいな、おまえ……」

桐の言い分に納得したわけじゃないが、そういうふうに言われると拒めない。効率的には別に回った方がいいに決まってるが、桐がいた方が交渉がスムースに進むのは確かだろう。知らない人に、特に女性に声をかけるというのは峻也の不得意分野で、桐の得意分野だ。

それにこれで桐の機嫌が少しでもよくなってくれるのなら、ありがたい。

「あの、話し中にごめんね」

声をかければ、ばさばさの睫毛《まつげ》が一斉に峻也を見た。そして隣に立つ桐に向けられ、固定される。

「この子、知らないかな？　ちょっと捜してるんだけど」

返ってこない視線に苦笑しながら、写真を桐の顔の前にかざす。

「知らなーい」

そんな会話を繰り返す。やる気がないという言葉通りに、ついて回るだけの桐だったが、役に立っていないようで、無視されることがないのは桐のおかげかもしれないと思えた。

「峻、ちょっとこの店入るぞ」

「え？　ああ、うん」

いきなり桐が言って、入っていったのはクラブらしきところ。店内は明るく、音楽は反響しているせいでただの騒音にも聞こえる。それでも若い男女が多くいて、繁盛しているようだった。

「よお、竹井《たけい》」

桐が奥の席にいた男女のグループに向かって声をかける。不審そうな視線が突き刺さる。

「あ、佐倉先輩」

そう言ったのはソファの中央に座っていた男子だった。桐の顔を見て嬉しそうに立ち上がる。

「この子、捜してるんだけど、見たことないか？」

桐が写真を出すと、近くの奴が受け取り全員の手をぐるっと回る。

「見たことないっすね」

結局そういう返事だった。

「神女の子なんだけど。一週間前から行方不明で捜してる。なんでもいいから情報あったら連絡をくれ」

「いいっすよ。この写真、写メ撮っていいすか？　知り合いにも訊いてみます」

「ああ頼む」

峻也は桐がメールアドレスのやり取りなどをしているのをボーッと見ていた。思えば桐が高校三年の時、一年だった後輩はまだ高校生だ。みんな協力的で、きっと憧れの先輩だったんだろうなと思う。

桐がやっとやる気になってくれたようなので、見学していてもしょうがないと、峻也は隣の集団に声をかけてみることにした。数打てばそのうちヒットするかもしれない。

「ごめんね、話し中に。……この子なんだけど……」

桐ほど顔で関心は引けないが、みんなわりと素直に話を聞いてくれた。邪魔されたくないほど濃密な会話をしているわけではなく、新しい刺激は大歓迎。そんな感じのちょっと倦《う》んだ雰囲気のグループ。

「見かけたらメールしてあげるから、アドレス教えてよ」

そう声をかけてきたのは、話しかけた女子ではなく、だるそうに隅の方に腰かけていた男だった。

「あ、うん」

峻也は慌てて携帯電話を取り出す。

「ねえ、高校生？　大学生？」

男は峻也の横に来て、携帯電話をふらふらと振りながら質問する。身長は峻也よりかなり高いが、歳はたぶんかなり下だろう。話しかけ方が軽くて、遊び慣れた感じがする。

「大学だけど」

「そうなんだ。可愛いって言われない？」

「い、言われないよっ」

ムッとして言い返したのに、男はニヤッと口の端を上げた。

「やっぱ可愛いじゃん。俺、最近女にふられてさー、男に走ろうかと思ってるんだけど、どう？」

「はあ？」

呆れて男の顔をマジマジと見てしまう。

周りの女子たちは「いやだー、村田《むらた》ったら」などと男の冗談にのって笑っているが、峻也に敵意の視線を向けてくる。どうやらとてももてる男らしい。

しかし、桐や藤を見慣れている峻也には、たいして魅力的には見えなかった。顔立ちは確かに整っているのかもしれないが、立ち姿に品がなく、なにより目に力がない。

とりあえずメールアドレスだけ教えてさっさと離れようと思ったのだが、取り出した携帯電話を、後ろから伸びてきた手に取り上げられた。

「こんな男にアドレスなんか教えんじゃねえ」

振り向けば桐が険しい顔で立っていた。

村田という男を見ていた女子たちの視線が一斉に桐に移り、コソコソと喋《しゃべ》りながら脇腹を小突き合ったりしている。カッコイイ、カッコイイという声が小さく聞こえてきた。

「でも、見かけたら連絡くれるって言うし」

「いらねえよ」

「いらないって……」

そのために回っているというのに、断ってどうするのか。

「なに、この人。せっかく協力してあげようっていうのに失礼じゃない？　もしかして、お兄さんの男？　俺、妬《や》かれちゃってるのかな」

男はニヤニヤ笑いながら桐に迫る。しかし目だけ笑っていない。女子たちの関心をさらわれたのが気に入らなかったのだろう。プライドは高そうだ。

「おまえに妬くって？　ありえねえな」

桐は向けられた敵意を鼻で笑い飛ばす。見下した態度に、もちろん相手の男はカチンときたようだ。一触即発の空気が漂う。

「こいつは俺の弟だから、そういうんじゃない。邪魔して悪かったな。——桐、行くぞ」

笑顔で間に割って入り、桐の腕を引く。しかし桐が微動だにしない。どうしたんだと顔を見れば、睨まれているのは男じゃなくて自分だった。

「桐？」

「弟って、マジで？　似てないねえ。でも弟ならお兄ちゃんの恋路に出しゃばってくるなよ。俺は今、口説いてたんだから。ブラコンは卒業しなくちゃねー」

馬鹿に仕返さないと気が済まないとばかりに、男は桐を挑発するが、桐の視線は峻也を貫いたまま。

「弟じゃねえよ。ごまかすなよ、峻。そういうの、だろ、俺たちは」

冗談めかして、しかし冗談で逃げることを許さない強い瞳。峻也は魅入られたように動けなくなって、桐の指に顎《あご》を持ち上げられ、その顔が近づいてくるのを呆然と見ていた。

唇が触れた瞬間、キンと耳鳴りがしたような気がした。取り巻く空気がキュッと収縮し、ガンガンに鳴り響いていたはずの音楽が聞こえなくなる。

時間が止まって、呼吸も止まって——。

しかし、入ってきた舌の異様な感触にハッとして、思いっきり桐の体を突き飛ばした。

「お、おま、おまえ——」

口を押さえて、己の唇の濡《ぬ》れた感触にどうしていいのかわからなくなった。桐の唇が確かに触れていた、舐《な》められた証。

真っ赤になった峻也を、桐は真面目《まじめ》な顔でじっと見つめていた。周りの喧噪《けんそう》など、なにも耳に入っていないという顔。

「うっわ、マジもんのホモ、初めて見た」

男の嘲《あざけ》るような声に我に返り、周囲に目をやれば、さっきまで桐に憧れの視線を向けていた女子たちは明らかに引いていた。

「えー、冗談でしょ」

「でも冗談で男相手に舌入れるー？」

なにより桐の表情が冗談だと言っていない。

「キショ。リアルホモを目の前で見ちゃったよ。やっぱ俺、男は無理だわ。マジもんに火ィ点《つ》けちゃって、ごめんねー、お兄さん」

男は勝ち誇ったような顔でせせら笑う。そこからクスクスと潜めた笑いが広がっていく。

「ヤだー、気持ち悪い」という声が耳に届いて、峻也はギュッと拳《こぶし》を握った。

振り返れば、桐になついていた後輩たちも、微妙な顔で目を逸らす。

「お、おまえの冗談は笑えねえんだよ。本当」

できるだけ大きな声で言ったつもりが、声がかすれてしまう。

「俺は——」

桐がなにかを言おうとした瞬間、峻也は駆けだしていた。

「峻!?」

ごまかせただろうか。冗談だと思ってくれただろうか。いや……やっぱり無理、だっただろうか。

——ショックだった。

人前でキスされたこともだが、それ以上に気持ち悪いという言葉と蔑むような視線が、桐に向けられたことが。桐を馬鹿にされるのは耐えられない。

しかしあれは当然の反応だ。男同士なんて、ホモなんて気持ち悪い——それが世間の至極真っ当な反応なのだ。

少し感覚が麻痺《まひ》していたのかもしれない。唇に触れられて、触りたいと言われてドキドキしていた。桐が迫ってくることに、距離が近くなることに酔っていた。たぶん、心の奥底で浮かれていたのだ。

桐が近づいてくるなら、自分が距離を取るべきだったのに。兄弟の適正な距離を保つべきだったのに――。

「峻、待て。落ち着けよ」

摑まれた腕を振り払う。触れられて嬉しいと思う自分を払いのける。

「落ち着けるか！　あんなところでキスって馬鹿だろう。おまえの後輩だっていたのに……どうする気だよ!?」

あそこには桐の素性を知っている人間がいた。変な噂が広がってしまうかもしれない。

「どうもしない。俺は峻が好きだし、それを周りの人間に知られても全然かまわない」

電飾でキラキラしている通りの真ん中で、多くの人が行き交う雑踏の中で、桐は堂々と言い放った。

「ば、馬鹿じゃねえの。おまえはかまわなくても、俺はかまうんだよ。とにかく二度と俺に触るな」

桐の傷ついたような顔に心が痛んだ。言葉を撤回したくなったが、拳を握って耐える。

「そんなの無理だ。やっと触れたのに。やっと、言えたのに。峻だって俺が好きだろ？」

自分の浮かれた反応が桐に確信を植え付けてしまったのだろう。

「弟じゃなきゃ好きじゃない」

口にして、はっきりとわかる。――桐が好きなのだと。弟としてではなく、好きなのだと。

しかし、わかったところでどうしようもない。いや、もう消さなくてはならない。なにも考えず、桐の手を取ってしまえばいいんじゃないか。周りなんて気にしなければすべて巧くいくんじゃないか——そんな甘い気持ちがよぎるのだが。

さっき聞いたばかりの「気持ち悪い」という声が、そんな甘えを吹き飛ばしてくれる。本当にすばらしく人を蔑む響きを帯びていて、浮かれようとする心をサーッと冷やしてくれる。

「峻、そんなの聞かねえよ。俺はおまえを誰にもやらない」

触れようとするから後ずさった。

「今日はもう帰る。おまえはもう少し聞き込みしてこい」

勝手なことを言い置いて身を翻す。

「峻！」

桐の怒鳴り声は足に絡みついてきたけれど、峻也は人混みの中をがむしゃらに走り抜けた。


とても真っ直ぐ家に帰る気にはなれなくて、しかし行くあてもなく街をふらふらと歩く。

思い出したのは、いつか近江と一緒に行ったバー。しかし店は閉まっていて、ドアノブを握って深々と息をついた。

なんでこんなことになったのか。そもそも桐は美姫のことが好きだと言っていたのに、どこでどう変わったというのか。なぜ、男の自分など好きになるのか——。

人に後ろ指を差される人生というのは、本当に辛《つら》いものなのだ。真っ直ぐに生きてこられた桐はそれを知らない。

一番誇りたいものを、誰にも誇れないどころか馬鹿にされる辛さ。認めてもらえない歯がゆさ。

母が生きている頃、父はとても優しい人だった。だけどたぶん、心が弱い人だった。母が死んで、すべてを背負いきれなくなって酒に逃げこみ、気に入らないことがあると弱い者に当たり散らす。

峻也は腕や背中に痣《あざ》が耐えなくて、同級生は遠巻きに見ているか苛めるかで、近所の人には哀れみの目を向けられた。大人に痣が見つかると父を悪く言われるから、必死に隠していた。

本当は優しい人なのだと言っても、誰も信じてくれなかった。いいところもいっぱいあったはずなのに、最後には自分もそれを見失った。

父を捨てて佐倉家に引き取られて幸せを知ったけど、父のことはずっと棘のように心に刺さって抜けない。

子供なら誰だって、胸を張ってうちのお父さんは世界一だと言いたいだろう。恋人なら誰だって、自分が愛した人は世界一だと自慢したいはずだ。

そうできない人は世の中にたくさんいるけれど、桐には胸を張って生きてほしい。

日の光の下を、幸せに、幸せに——。

固くドアノブを握りしめていた手を、なにかに包み込まれてハッと顔を上げる。

「峻也、今日はこの店、お休みだよ」

優しい声、温かい手。日差しを浴びるアスリートなのだけど、近江はどちらかというと夜が似合う人なのかもしれないと、なんとなく思った。

「なにかあった？」

問われてなにも言えずにうつむく。

「僕はまだ晩飯を食ってなくてね。ここでなにか作ってもらおうかと思ったら、急に休みになってて。悪いけど、また付き合ってくれる？」

返事もしていないのに、近江は峻也の手を引いて歩き出した。

連れて行かれたのは、そこから歩いてすぐの居酒屋。壁一面にメニューの紙が張り巡らされているような、飾らない庶民派の店だった。価格も信じられないほどリーズナブル。

「本当はこういう店の方が落ち着くんだよね。最近の小洒落た店よりも。なんでも食べてよって、気兼ねなく言えるし」

畳敷きの広間に、表面に細かい疵《きず》が入った座卓が並んでいる。焦げ茶色の衝立《ついたて》で、仕切ってあったりなかったり。座布団もかなり潰《つぶ》れていて、二枚敷きが標準になっているようだ。

「俺も好きですよ、こういう雑然とした店。でももう酒は呑みませんけど」

飲み物の注文を訊かれ、ウーロン茶と答える。

「佐倉に怒られるから？」

「いえ。俺はやっぱり酒とは相性悪いみたいで。呑むと嫌なことばっかり起こるから、自主的に控えることにしました」

「そう。残念だな。酔っぱらった峻也は可愛かったのに」

「冗談きついですよ」

近江はやっぱり優しい笑顔で峻也のことを見る。桐に見せた憎悪ともいうような表情を、そこに窺うことはできない。

「でも、佐倉は本当、なんでも恵まれてるよな。あ、桐のことだけど。家は金持ちで、両親がいて、優しいお兄さんもいて、サッカーも巧いし、もてるし……」

「そうですね」

並べられると嫉妬されるのはしょうがないかと思う。漏れ聞いただけでも、近江の生い立ちは不幸のオンパレードだったから。

「生まれってのは大きいよ。家があるとか、金があるとか……。貧乏人はなにをやってもダメだ」

「そんなことないでしょ。近江さんはカッコイイし、サッカーも巧いし、もてるじゃないですか」

「佐倉の次にね」

近江はおどけて笑いを取る。しかし近江もなにかあったのか、とても疲れた感じがした。

こちらもいろんなことが一気にありすぎて、気遣ってやるだけの気力がない。話をしながらも、どこか意識が遠い。

このまま桐と離れてしまうのか。いや、こちらから離れなくてはいけないのだった。

「なんでも持っていることを当たり前だと思っているから、傲慢《ごうまん》なのかな、佐倉は」

近江は牛すじの煮込みを楊枝《ようじ》で突《つつ》きながら言った。あまり感情のこもらぬ声で。

「違いますよ、桐は……失うことを怖れないんです」

だから欲しいものを欲しいと言う。手に入らなければ、手に入れようと頑張る。それでもダメなら……どうするのだろう。

「それは、失う怖さを知らないからだろ？　それか、なにもかも失ってしまうことはないと安心してるからだ」

「そうかもしれません。でも……あいつはけっこうしぶといですよ。涼しい顔してるけど、負けず嫌いの努力家です」

そうか。意地になっているのかもしれない。自分のものだと思っていたのが、ライバルの近江に取られそうだと勘違いして。だけどあれが引き留めるための努力なら、見当違いも甚《はなは》だしい。

「努力？　あの佐倉が？　してるにしたって、僕たちとは全然比べものにならないよ。あいつは最初から持ってるんだから。運も、資質も、才能も……。だから遊びでやってても、プロを目指して必死にやっている奴より巧くなる。自分が恵まれてるなんて思わずに、持ってない奴を見下すんだ」

近江がなにか鬱憤が溜まっているようなのはわかったが、その言葉は聞き流せなかった。

「それは違いますよ。桐は確かにプロになる気はないかもしれないけど、サッカーで誰にも負けたくないって、ものすごく努力してるんです。家に帰ってきてからも、夜は毎日走って、時間があれば筋トレして、研究もしてる。練習だって、真剣にやってるでしょう？」

他の人がどれだけ努力しているのかなんて知らないから、それくらいって言われてしまえば反論もできないが、恵まれてるから努力してないなんて言われては黙っていられない。量がどうかというより、姿勢の問題だ。

近江は思い当たるところがあったのか、少し黙り込んだが、

「でも、それだってお金があるからできることだ。僕にはそんな暇ないし……」

ボソボソと反論した。

それは実際そうなのだろう。だけど峻也の耳には言い訳に聞こえた。

「お金があってもやる気がなければやらないし、お金がなくても、やる気のある人はやるんじゃないですか」

冷たく突き放すように言う。

「それは持ってる奴の言い分だ」

近江も意固地になって言い返してきた。

「近江さん、プロになりたいって言ってましたよね？　でも本当は諦めたいんじゃないんですか？　俺には、できない理由を必死で探しているように聞こえますけど」

歯に衣《きぬ》着せず思ったことを言ってしまったのは、少々虫の居所がわるかったせいもある。いつもおとなしく言うことを聞くばかりだったから、近江にはよけいにきつく聞こえただろう。

「きみも今は恵まれているから、僕の気持ちがわからないんだよ。こういう生活の辛さは、やってみないとわからないよ！」

近江は大きな声を出して卓を叩いた。意外と発火するのは早いタイプのようだ。

確かに、近江の今の辛さや心細さは、今の峻也にはわからない。でも、近江がすごく苦労していて、そのせいで心が疲弊《ひへい》して、楽な方に傾きたくなるという気持ちはわかる。

本当にわからないことであっても、頭ごなしにおまえにはわからないと突き放されるのは胸が痛むものだと知る。出会って間もない近江に言われてこれなのだから、十年以上一緒にいる人間に言われた桐は相当痛かっただろう。

近江は怒鳴ってもまだ気持ちが収まらないのか、敵意を秘めた瞳のまま、苛々と立ち上がろうとした。

「でも、自分が一番摑みたいものを摑まなきゃ、他のなにを持ってても辛いまんまじゃないんですか？　俺も今持ってるものをなくすのが怖くて、足を踏み出せない人間だから、偉そうなことは言えないけど……。あいつは摑みにいくと思いますよ。欲しいたったひとつを手に入れるために、全部失っても後悔しない奴だと思います」

近江は途中までは耳を傾けてくれたのだが、そのまま席を立って出て行ってしまった。最後の「あいつ」を賛美するような言葉が余計だったのだろう。

酒も入っていないのに、なにを偉そうに説教くさいことを言ったのか。勝手な妄想をさも現実のように語って……。

「なに言ってんだか。……願望、か？」

自分を責めるようにひとりつぶやいた。

――すべて失っても自分を選んでほしい、なんてことを思っているのか、本当は……？

馬鹿だろう。

自分の気持ちの底を覗き込んだ気分で、卓に突っ伏して頭を抱えた。

「間違ってないと思うよ」

声がして、驚いて顔を上げると、さっき近江が座っていたところに藤が座っていた。

「な、なんで、おまえ……」

幻覚を見ている気分で、呆然と呟く。

しかし幻は、眼鏡のつるを押し上げ、通りかかった女将《おかみ》さんに新しい箸《はし》を要求するという、実に現実的な行動をした。

「なんかあの男ムカつくな。桐とは絶対合わないね。俺とも合わないけど。峻がピシッと言ってくれてスカッとした」

「だからなんでおまえがここにいるんだ」

箸を待たずに鶏なんこつに伸ばした手を、話を聞けとばかりにピシッと叩く。

「んー？　なんか桐が暗ーい声で電話してきてさ……。だからこっちに来てみたんだけど、そしたら偶然、峻があの男とここに入ってくの見て」

「跡をつけたんだ？」

「つけました」

「盗み聞きしてたんだ？」

「してました」

どうやら衝立を挟んだ真横に座っていたらしい。密《ひそ》かにビールだけを頼んで様子を窺っていたのだと、悪びれず白状する。

「で、……桐になにを言われたんだ？」

「言われたっていうか、ぼやきを聞かされたっていうか。失敗した、峻を怒らせた、もうダメかもしれない……とかなんとか、ブツブツと」

「子供か」

藤は桐が気兼ねなく弱音を吐ける唯一の人だろう。自分と別個の人間だと思っていないのかもしれない。

「子供だね。でもちゃんと大人になってるよ。どうしても欲しいものを摑むためなら、なりふりかまわない――それは子供の頃からちっとも変わらないけど、我を通すだけじゃなくなった。リスクも相手のこともちゃんと考えてる。本当は峻だって、わかってるんじゃん」

あの子を引き取らないとグレる――そんなことを言って、だだをこねまくって、それで自分たちは佐倉家に引き取られた。いつも桐の我を通す力に引っ張られて、少しずつ心開いてきた。

「でも、な……」

今回ばかりは簡単に引っ張られるわけにはいかない。

「おまえはいいのかよ。俺と桐がその……そういうことになっても」

自分の想いが実を結ぶことはないと諦めていても、目の前で誰かとくっつくのを見るのはきついものがあるだろう。辛くないはずがない。

「そうだねえ……。まあ、まったく痛くないわけじゃないけど、これは耐えられる範疇《はんちゅう》だ」

追加注文したぶり大根を美味《おい》しそうにつつきながら藤は言った。

「おまえの度量は俺なんかには到底量れないよ」

心から感心しながら告げる。

「別に広くはないよ。許せるのはたぶん、峻と美姫くらいかな。他の人間なら、どんなに桐が好きでも、容赦なくぶっ潰す」

藤は怖いほどさわやかな笑顔で言った。滅多に見せないこの手の笑顔は、物騒な台詞《せりふ》の時にのみ現れる。

「狭くて深いんだ、俺も桐も。アプローチの仕方はまったく違うけどね」

落ち着いた表情に戻ると、どこか寂しそうにも見えた。

「そうか……」

峻也はウーロン茶をちびちびと呑みながら、藤の顔をじっと見つめ相づちを打つ。

「ま、そんなわけだから、桐相手に曖昧に逃げるってのは無理だよ。穏便に、とか……俺を理由にそれをやったら許さないよ」

レンズの奥の瞳が、一瞬鋭く尖った。

「うん……」

遠い未来までを考えなければ、答えは簡単に出せるのだけど。今のままではいけないというのなら、どうすればいいのだろう。

「本当は今のままでもいいんだけどね、俺は。峻の苦悩する顔はわりと好きだから」

心を読んだかのように藤は言ってくれた。が、苦悩から解き放たれるような言葉ではなかった。

「でも、俺が一番好きなのは、桐の全開の笑顔なんだ。……あれは、俺には絶対できない表情だから」

藤は独り言のように言って、視線を遠くに飛ばした。

そこに見えているだろう、日差しが似合う無邪気な子供の笑顔を、峻也も思い浮かべる。確かにそれは桐特有の表情だ。藤が浮かべれば違和感は否めないだろう。

「俺も好きだな、あれ」

「だろ？」

「でも俺は、藤の見た人が呪われそうな笑顔も好きだよ」

「なんだよ、それ」

藤には藤の魅力的な表情がある。

たった今浮かべた、「好きだと言われ慣れない子供が好きと言われて、照れ隠しに唇を歪《ゆが》めて笑う」という顔も好きな表情のひとつ。呪われそうな笑みは冗談だが、実際に見たことはある。本当はできれば頻繁には見たくない顔のひとつ。

周りに好きなものがいっぱいあるから、つい穏便にと考えてしまうけど。なにかを得るためになにかをなくす覚悟は、そろそろ固めないといけないのだろう。

「よし、じゃあ聞き込みを再開するかっ」

峻也は残っていた唐揚げを口に放り込み、立ち上がった。

答えはまだ決めていないし、覚悟も固まってはいないけど、停滞していてもしょうがない。

「わりと立ち直り早いんだよなあ……。もっと苦悩をプリーズ」

おどける藤の頭を小突き、女子高生を求めて夜の街へと歩き出した。


遅くまで頑張ったわりに収穫はなく、家に帰るとベッドに倒れ込んだ。

心身ともに疲れ果てているはずなのに、一向に眠りは訪れず、子供の頃からの桐のいろんな表情が浮かんでは消える。

目覚めるとすでに昼を過ぎていたが、いつ眠ったのかもよくわからなかった。

ぼんやりしたまま階下に下りる。顔を洗っても、霞《かすみ》のかかった頭ははっきりしない。

だけど、廊下で桐と遭遇した途端、霞は消えた。鼓動が一気に跳ね上がる。

「おはよう」

上ずりそうな声を極力抑えて言うと、桐は明らかにホッとした顔になった。

「二度と話しかけてもらえないんじゃないかって、思った」

「だったらあんなことするなよ」

あまりそのことに深く触れたくなくて、逃げるようにキッチンへ向かう。しかし当然のように桐についてこられて、冷蔵庫の前で密かに溜め息をついた。

「朝飯、ていうかもう昼だけど……食うか？」

問いかければ、嬉しそうにうなずく。

――まいった……。

峻也は桐の顔を見て白旗を揚げる。

怒れない。突き放せない。対面式のカウンターの前に腰かけて待つ桐が、耳をピンと立て、尻尾を振って餌《えさ》を待つ子犬に見えてしょうがなかった。普段の桐は、譬《たと》えるなら我の強い凶暴な山猫といったところなのだが、峻也に対してはいつもいたずら盛りの子犬のようなのだ。

子犬は最初の刷り込みが強烈だったせいか、峻也の「待て」に逆らうことはほとんどなかった。賢くて愛らしくて、懐かれてしまったらこちらから手放すなんてできるはずがない。

佐倉家の家政婦はほぼ暦《こよみ》通りに休むので、連休中日の今日も休みだ。冷蔵庫の中を確認すると、いつかのカレーがそのまま冷凍庫に保存されていた。朝食代わりには少し重いかとも思ったが、まあいいかとそれを解凍する。

峻也は桐の機嫌をとりたくて、あの日このカレーを作った。桐が今、萎《しお》れた子犬のような風情を見せているのは、怒った峻也の機嫌の取り方を、桐なりに学習した結果なのだろう。何回喧嘩して、何回仲直りしたか。いつの間にかいろんな仲直りアイテムができあがっている。それが家族というものなのかもしれない。

ダイニングテーブルにカレーとスープを置き、峻也が席に着くと、桐も峻也の向かいの椅子に移動した。

「ごめん、昨日はちょっと調子に乗った」

いただきますより先に桐はそう言った。

「とりあえず、食べろよ」

答えを保留して食事を始める。

はぐらかされてしょげている桐には悪いが、謝られて峻也はホッとしていた。元に戻れるのではないかという淡い期待。

しかし、食べ終えて食器を洗っていると、桐がくっつかんばかりに近づいてきて緊張する。

「やっぱりダメか……」

桐がボソッとつぶやいた。

「は？　なにがダメって……」

「触られたくないんだろ？　近づくと肩がピクッと動いて微妙に逃げるんだよな、峻は、昔から」

「そ、そうなのか？」

なんとなく緊張するのは確かなのだが、実際に体が動いているとは思っていなかった。

「そうだよ。だから近江の野郎と密着して寝てんの見て、ぶちキレたんだろ。美姫の膝枕はまあしょうがねえけど、あんな生煮え野郎と——」

「生煮えって……」

「生煮えだろうよ、自分が煮え切らねえのを、いちいち人のせいにして突っかかってきやがって。峻だってそう思ったから言ったんだろ」

「ん？　なにを？」

なんのことを言っているのかわからなくて問い返すと、桐がハッとしたように口を引き結んで視線を逸らした。

「いや、なんでもない」

「……藤に聞いたのか……」

昨夜の藤の盗み聞きは、もう桐の耳に入っているらしい。

「言っとくけど、会ったのは偶然だからな」

変に誤解されたくなくて峻也は言った。

「うん、わかってる」

食器を洗い終わって水を止める。

「とにかく。人目のあるところでああいうことは絶対するなよ」

手を拭《ふ》いて桐の方を向き、釘を刺す。

「……わかった」

納得しかねるという表情のまま、桐は承諾した。

「でも、じゃあ……人目のないところでは？」

実際の目線は上からなのに、下から覗き込んでくるような風情で返事を伺う。

「それは……。ちょっと考えさせてくれ。……なんかまだ、よくわからない。どうするのが一番いいのか」

戸惑いつつ答えると、桐が少しだけ眉を顰《ひそ》めた。

「一番いいとか、そういうふうに考えんなよ。峻がどうしたいか、それだけでいい。峻の気持ちだけ。他のことは俺がなんとかするから」

「なんとかっていっても……」

付随する問題を無視できない。桐ひとりでなんとかできるような問題だとも思えなかった。

だけど——。

「なんとかする」

桐は、眼差しに揺るぎない力をこめ、きっぱりと言い切った。ただでさえ目力のある瞳が、真っ直ぐに決意を伝えてくる。

「……わかった」

この瞳には反論できない。到底無理だと思えても、信じなければいけないと思わせる瞳なのだ。

「じゃあ俺、バイト前に少しだけ聞き込みしてくるから」

「俺も行く。走って行こうぜ」

桐はあっという間にいつもの笑顔に戻って誘いかける。

「嫌だよ、おまえと走ってなんて」

峻也もいつものように笑顔でばっさり切り捨てた。

六

「峻也」

呼ばれて振り返ると、近江が笑顔で立っていた。真昼の日差しの下で見れば、やはりさわやかなアスリートといった感じで、印象のころころ変わる人だな、と峻也は胸の内で思った。

「呼び出してすみません」

「いや。僕も話したいことがあったから」

近江と喧嘩別れのようにして別れたのはつい数日前。だけど近江はなんの遺恨もないという顔で笑った。謝りに来た峻也としては、少々不気味なくらいだ。

話があるので少しだけ時間をくださいとメールした峻也に、近江が指定してきたのはクラブハウスの裏だった。桐が通る可能性もあるのであまり嬉しくはない場所だが、謝罪の場所に否を唱えるわけにもいかない。

「え、あ……じゃあまず謝らせてもらっていいですか。……こないだは本当、生意気なことを言ってすみませんでした。あの時はちょっと頭が沸いてたっていうか……とにかく本当すみませんでした」

頭を下げる。

あれはなかば八つ当たりだった。普段なら口に出さないことを、思わず口走っていた。穏便に……が信条だったはずなのに。

「いいんだ。きみの言う通りだったから。……あれで目が覚めたよ」

明るい声で言われ、驚いて顔を上げる。

「僕は確かに、逃げ道を探してばかりいたんだ」

「いや、そんな。言い過ぎたと思ってるんです。近江さんみたいな苦労をしたこともないくせに、偉そうなこと言ったって」

人にはそれぞれ事情というものがある。口で批判するだけなら誰にでもできる。

「偉そうだなんて、僕が取り乱したのは図星だったからだよ。その図星をね、突いてくれる人がなかなかいないんだ、僕の周りには。佐倉みたいのに言われても聞く気にならないし。ま、峻也に言われた時も思わず反発しちゃったけど、頭が冷えたらなんか……嬉しくなった」

近江がいやに優しい目をしてこちらを見るから、なにも言えなくなった。すごく居たたまれない気分になる。

「高校を卒業する時、大学に進学せずにプロを目指すことも本当はできたんだ。でも奨学生の話を持ちかけられて、将来のために大卒資格と教員免許の取得を選んだ。そして今も、一応プロからの誘いはあるんだけど、練習生からって言われてて……。保証のない未来に足を踏み出せなかった。夢は諦めて、堅実に体育教師になった方がいいんじゃないかと思って、教員採用試験も受けた。僕は、失敗しても帰る家がある奴とは違うんだからって自分に言い訳して、逃げてたんだ」

「でもそれは、生きるためにしょうがないんじゃ……」

「そうだね。でも、僕の一番は教員になることじゃない。子供の頃からずっとプロサッカー選手になりたかったんだ。きみに言われて目が覚めた。金持ちも貧乏もない。可能性を潰すのは、足を踏み出さない自分なんだってわかった。僕は誰よりも自由なはずなのに、わざわざ自分を雁字搦《がんじがら》めにしていた」

「じゃあ、プロを目指すんですか？」

「うん。先のことはダメだった時にまた考えることにする。きっとすべてなくしても後悔はしないよ。一番を選んだんだから」

今日近江がさわやかに見えた理由がわかった。日の光のせいなんかじゃない。振り切ってしまったからだ、自分で抱え込んでいた闇《やみ》を。

「俺にできることがあるなら協力します。頑張ってください」

峻也は嬉しくなって微笑んだ。

「まいったな……。そんなふうに笑うんだ。あいつの気持ちがわかるな」

少し困ったように近江は峻也の笑顔を見る。

「は？」

「いや。……僕もそばにいてくれる人を探さないと。誰でもいいってわけじゃ……ないね」

「そう、ですね」

できれば、一番そばにいてほしい人に、いてもらいたい。それはたぶん、生きる元気をくれる人。元気が出る方法は人それぞれだから、求める人もそれぞれで。

峻也は自分にとってのそれを考えて、浮かんだのは家族の笑顔だった。

一番がたくさんいるなんて贅沢だと思う。いや、これも穏便にという思考の産物だろうか。もっとはっきりしろという声が聞こえてくる。

ひとりを選ばなくてはいけないなら、誰を選ぶのか——。

そこへ携帯電話の着信音が響いて、峻也は慌ててバッグの中を探る。電話を取り出したら、一緒に紙が一枚ひらりと舞い落ちた。

「はい、もしもし？」

飛んだ紙に気を取られながら、なかば上の空で電話に出たのだが。

『峻！　すぐ帰ってこい！』

「桐？　どうしたんだ、そんなに慌てて」

地面に落ちた紙を近江が拾おうとして、触れる直前でピタッと止まった。それを不審に思いつつも、桐のただならぬ様子に心奪われる。

『美姫が誘拐された！　とにかくすぐ帰ってこい！』

「み、美姫が⁉　誘拐ってどういう……どういうことだよ⁉」

誘拐という言葉に近江も反応する。落ちていた紙を拾い、峻也の顔に真剣な視線を注ぐ。

峻也はもうパニくっていた。なにを言われたのか、把握しきれなくなった。いや、理解することを脳が拒んだ。頭が真っ白で、ただしっかりと電話を握りしめる。

『おい、峻！　聞いてんのか？　どこにいるんだ、俺が迎えに行くから』

「どこって、ここは……」

周囲を見回す。

どこだ、ここは。自分はなにをしていたのか。なぜ、美姫のそばにいない——？

峻也の手から近江が電話を奪い取った。

「佐倉、近江だ。峻也は気が動転してるみたいだから無理やり替わった。なにがあった？」

『近江？　なんであんたが……。いや、そんなことはいい。そこはどこだ、迎えに行く』

「おまえは家にいるんだろ？　今、大学だから、俺が連れて行った方が早い。待ってろ」

近江は電話を切って、峻也の腕を取り、走り出した。引かれるまま走り出した峻也は、すぐに近江を凌《しの》ぐほどのスピードになった。

「美姫、美姫……」

ブツブツと呟きながら、周りはなにも見えていないように走り続ける。電車に乗っている間も心ここにあらずで、近江にしっかりと腕を掴まれていることもまるで意識の外だった。

「峻！」

家の前で桐が待っていた。とりあえず近江も一緒に中に入る。リビングにはすでに警察がスタンバイしていた。両親も帰ってきている。

「峻、落ち着け。美姫は絶対取り戻すから」

宗次郎に肩をしっかりと掴まれ、

「大丈夫よ、美姫ちゃんは絶対大丈夫だからね」

蘭子《らんこ》に抱きしめられてやっと峻也の意識は現実に戻ってきた。

「でも……でも……」

不安ばかりが生まれてくる。誘拐で人質が帰ってくる可能性はどれくらいなのか。最悪の場合――すぐにそこへ考えが至り、目の前が真っ暗になる。

「美姫――」

峻也はこれ以上ないほど眉間に皺《しわ》を寄せた。

「峻、大丈夫だから」

桐が両親の間に割り込み、しっかりと峻也の肩を抱く。

「とにかく、ここにいると邪魔になるから、向こうの部屋に行こう」

宗次郎に促され、リビングから一番近い両親の部屋へと移動した。近江もそ知らぬ顔でついてくる。そこに藤と寛吉も帰ってきて、佐倉家の人間は峻也を取り囲むように集い、近江だけが傍観者らしく少し離れて立っていた。

宗次郎は峻也を椅子に座らせ、気持ちを落ち着かせるようにゆっくり、今の時点でわかっていることを話して聞かせる。

美姫は今日、午前中で学校が終わり、友達と一緒に帰るため駅に向かって歩いていたのだが、急に「いる」と言って立ち止まったらしい。驚く友達に、「用事を思い出したから」とだけ言って、駅とも学校とも違う方向に走って行った。そしてその三時間後、身代金三千万円を用意するようにという電話が家にかかってきた――というのが、ことの成り行きだった。

「犯人についてわかっているのは、男だということだけ。電話は池田《いけだ》さんが取って、すぐに僕に連絡してきた。もうすぐ受け渡し場所の指示の電話がかかってくるはずだ」

それを警察は待っているのだろう。

峻也の背後に立っている桐が峻也の両肩をしっかりと摑み、隣に座った蘭子が背中をずっとさすっていた。

そのおかげで呼吸も落ち着き、頭も正常に回るようになる。

たぶん美姫は、捜している娘の気配を察知したのだろう。近くまで行って、場所を確認してから連絡するつもりだったのか。誰にも報告の電話は入っていなかった。もしかしたら、それをかける間もなく拉致《らち》されてしまったか。

誘拐犯にたまたま遭遇するなんてことは考えにくく、最初から美姫をつけ狙っていたと考えるのが妥当だ。だから今回の件は、捜索に関連して起こったというより、ひとつの別な事件ととらえた方がいい。

だけど、どうしても考えてしまう。

今回のミッションを断っていればこうはならなかったのではないか。ずっと遡《さかのぼ》って、この家に引き取られなければ……なんていう馬鹿なことまで。

「俺が護るって決めてたのに……最近は人任せばっかりで。幸せボケしてたのかな」

峻也はボソッと呟いた。

学校の帰り道なんて、ついて回れるはずがないとわかっている。ずっと見張っているなんてできるはずがない。だけど、それでも――。

「馬鹿なこと言うな。峻、自分のせいとか絶対考えちゃダメだ。こういうのは悪いことやる奴が全面的に悪いんだ。おまえが気に病むことはなにもない」

宗次郎は峻也の手をしっかりと握った。

「親父は少しくらい罪悪感、感じた方がいいんじゃねえのか。自分が変な仕事を頼んだからだ、とか」

桐は父親を睨みつけて言う。峻也には言えない言葉を代弁するように。

「桐ちゃん、そんなこと言わないの。そもそもあれは美姫ちゃんのために始めたことだったんだし」

「美姫のため？」

蘭子の言葉に藤が訊き返す。

「美姫ちゃんも峻ちゃんとおんなじで、すぐ自分のせいだって考えちゃうところがあるのよ。自分に変な力があるから、お父さんはおかしくなっちゃったんじゃないか、お母さんは死んじゃったんじゃないかって。うちに来てから二年くらい経ってからかな、私にそんな胸の内を打ち明けてくれたの」

「え、そんな……」

自分にはそんなこと、考えていると匂わせることすらなかった。美姫がそんなふうに考えていたなんて思ってもいなくて、気づかなかったことも、教えてもらえなかったことも、峻也にはとてつもないショックだった。

「峻ちゃんのことが好きだから、美姫ちゃんは峻ちゃんにだけは絶対言わないつもりだったのよ。聞いたら余計に自分を責めるでしょ、お兄ちゃんは」

また、美姫に護られていたことを知る。どうしようもなく情けないお兄ちゃんだ。

「だから、そんな顔しないの」

蘭子に頭をギュッと抱きしめられた。

蘭子に触れられるとホッとする。きっとこれが母親の温もりで……美姫も同じ気持ちだったのだろう。言ってもらえなかったと落ち込むより、言える人がいてくれたことに感謝すべきなのかもしれない。

「桐ちゃんを救った力が、そんな悪いもののわけがない、私たちはものすごく感謝してるって言うと、美姫ちゃんはすごくホッとしたような顔になるの。だからね、小さい探し物を頼むようにしたのよ。人の役に立つ力なんだって思ってほしくて。探してた物が見つかって、お礼を言うとね、美姫ちゃんはにかんだみたいに嬉しそうな顔するの。それがすっごく可愛くて。宗次郎さんに言ったら、俺も見たいって言い出して」

「蘭ちゃんだけなんてずるいだろう。まあ、あんまり可愛いから、もっと見たいってエスカレートしすぎた感は否めないが……お兄ちゃんたちと一緒になにかするのは楽しいって美姫が言うし。血の代わりの絆っていうか、なにかこなすごとにおまえら仲よくなっていっただろ。人の弱みを握るとか、恩を売るとかも楽しいし……いや、商売にプラスだしな」

宗次郎はいたずら好きの子供みたいな顔で言う。

「半分美姫のため、半分親父の道楽のため、か」

桐は呆れたように言った。その遺伝子を一番濃く継いでるのは確実に桐だろうが。

「馬鹿を言うな、三分の一におまえたちのためってのを入れろ。機転が利くようになっただろ？　段取りとか、適材適所とか、とっさの判断力とか、実践で身につけたものは逃げないぞ。ちゃんとフォローもしてやってたんだ。千尋の谷から突き落としながらも、わかりにくい足場は作ってやってたんだからなっ」

「威張って言うなよ。俺たちが優秀だったからよかったんだぜ」

寛吉が苦笑しつつ言い返した。

普段は威厳すら感じさせる切れ者社長なのに、妙に子供っぽいところを持っている父親と、天使の羽が生えているような売れっ子デザイナーの母親。絶対に普通ではないが、この人たちといると心が和《なご》む。その時その時の感情にとても素直で飾りがない。忙しくて家にいることは多くないけれど、愛情は確かに感じる。

この人たちが五人を兄弟にしてくれた。家族の確かな絆をくれた。

だからここに、美姫を絶対連れて帰りたい。

「とにかく、美姫は取り戻す！　誘拐犯なんかにくれてやるもんか。おまえたちも捜しにいけ。これまでの蓄積をこういう時に役に立てずにどうする」

父親の大号令に、兄弟は立ち上がった。

「言われなくても行くけど。俺らの可愛い妹だからな」

桐が父親譲りの笑みを浮かべて言うと、

「俺の美姫、だからな」

寛吉がしつこく主張する。

「それ言って、美姫に睨まれないの、寂しいだろ」

「う、寂しい」

藤に突っ込まれて寛吉が泣き真似をする。

みんながおどけてみせるのは、不安で仕方ないからだろう。深刻になるほど、嫌なことばかり考えてしまう。たいしたことない、絶対大丈夫、そう思っていないと心が折れそうで。

一番危うい峻也を元気づけるためにも暗い顔はしなかった。

両親を家に残して兄弟は家を出る。

「なんか……すごい家族だな」

そう感想を漏らしたのは、傍観者に徹していた近江だった。感心したというよりは、どこか寂しそうな表情にも見える。

峻也は近江がまだいたことに、ここで初めて気がついた。

「あ、すみません、近江さん。巻き込んじゃって」

「好んで巻き込まれたんだけどね。あの日の電気工事も、なんかそういうののひとつだったのかな」

そういえば近江にその件を握られていたのだと思い出す。今の話だけでは詳しくはわからなかっただろうが、なんとなくの事情を察したらしい。

桐は近江の言葉を聞いて眉を寄せた。目で問いかけられるが、気づかないふりをする。

「落ち着いたら説明します。すみません」

峻也は近江に頭を下げた。今は美姫のことしか考えられない。どうやって捜せばいいのかまったくわからないけれど。

「いいよ。あれは忘れてあげる。峻也のおかげで前を向けたから……これでチャラ」

「え、あ、ありがとうございます」

八つ当たりのように思ったことを口にしてしまっただけなので、恩に感じてもらうと恐縮するばかりだが、忘れてくれるのはありがたい。

ただ、桐の目がどんどん尖っていくのだが。

「行くぞ。とりあえず美姫が消えたあたりで聞き込みをしてみよう。妹を捜してるんですって言えよー。警察には通報してない体《てい》らしいから」

みんなで車に乗り込む。窓を開け、近江に礼を言って別れようとしたのだが。

「あ、そうだ。これ」

近江は先だって拾っていた紙を峻也に差し出した。それは政治家の娘の写真だった。

「あ、すみません」

「この子……なんなの？　峻也がどうしてこの子の写真を持ってるの？」

受け取ろうとした峻也に訊ねる。

「ちょっと、捜してるんです」

「捜してる？　僕、この子知ってるけど」

「え？」

今はその行方より、美姫の行方でいっぱいいっぱいなのだけれど。

「居場所を知ってるのか？　美姫が向かった方向のヒントになるかもしれない。教えてくれ」

桐が峻也の横から真面目な顔で詰め寄る。

「昨夜はうちにいたよ」

「うちって、近江さんの？」

これには全員が驚いた顔をする。

「厳密に言えば、同じ家の隣の部屋に。友達と一軒家をシェアしてて、その子は友達の彼女なんだよ。数日前から家出したとか言って入り浸ってた」

灯台もと暗しというか、こんな近くに決定的な手がかりが落ちていたとは。これで家出だとわかったし、所在もわかった。そっちは一件落着。気がかりがひとつ減ったのはありがたい。

「じゃ、とりあえず乗って！　そっちに行くから」

寛吉が助手席から言う。今日の運転手は藤で、車は普通のセダン。後部座席に近江を引きずり込むように乗せた。

「すみません、近江さん……」

「いやまあ、なんだかよくわからないけど……引き込まれるパワーがあるね、きみの家族には」

そう言った顔はやっぱり、迷惑というよりは寂しそうに見えて……なんだか見せつけているような罪悪感を覚えた。

しかし近江はすぐに表情を改めると、携帯を取り出してその友達に電話をかけはじめる。が、結局繋がらなかった。

じっとしていると、不安に押し潰されそうになる。心の中で大丈夫大丈夫と唱え続け、できるだけゆっくり呼吸をすることに集中する。

その時、太腿の上に置いていた手をギュッと摑まれた。桐の手。

近江が目線を落とせばすぐに見える場所だ。平素ならすぐさま振り解《ほど》いているはずの手を、気づけばしっかりと握り返していた。握り返さずにいられなかった。恥ずかしさよりも今は、その力強さに縋《すが》りたかった。

車は美姫の学校の横を通り過ぎ、しばらく走ると古い一軒家にたどり着いた。近江はここに同じ施設出身の二人とシェアして住んでいるらしい。

「よし、じゃあここから学校に向けて周辺を聞き込んでみるか」

寛吉はいつものように明るい声で言ったが、いつものノリノリテンションはどこにもない。

「大丈夫か、峻？」

桐が心配そうに訊いてくる。

「大丈夫。美姫を見つける。絶対——。よし、円陣を組もう」

ふと思い立って言えば、みんな小さく笑った。

「ああ、忘れてたな。んじゃ、今日は峻でよろしく」

藤が優しい笑顔で促す。四人で肩を組むのは少々窮屈だった。

「近江さんも加わります？」

驚いた顔で成り行きを見ている近江に峻也は声をかけてみたが。

「いや、いいよ」

当然のように辞退される。

「じゃ、よそ様の玄関先ですみません。えーと、美姫を絶対絶対連れて帰るぞ大作戦！　行くぞ！」

「おー！」

「一緒に帰るぞ！」

「おー!!」

大きな声に近江は目を丸くし、犬の散歩をしていた老女は、犬と一緒に呆然と立ちすくんでいた。

「す、すみません、驚かせて。……あの、この女の子見かけませんでしたか？」

謝ってから、さっそく聞き込みに入る。三人もそれぞれの方向に散っていった。

特に打ち合わせはしていないが、やるべきことはわかる。最善の方法を自分で考える。宗次郎の言う通り、経験は無駄にはならない。

近江はしばらくその場に立っていたが、溜め息をついて家の中へと入っていった。


『峻也、ちょっとうちまで戻ってきてくれる？』

近江からそんな電話が入ったのは、捜しはじめて一時間ほど経った頃。

「どうしたんですか？」

はっきり言ってしまえば、戻りたくなかった。とにかく、なんでもいいから美姫のために動いていたかった。手がかりなんて、まったく摑めていないけど。

『相談が、あるんだ』

「今、ですか？」

正直、ちょっと勘弁してほしいと思った。事情はわかっているはずだ。

『今』

引き下がらない近江の声に不穏なものを感じ、

「……わかりました、すぐ行きます」

そう答えた。全力で走り、近江の家へたどり着く。

「近江さん？」

「こっちだよ」

近江の声は二階から聞こえた。古びた階段を上がり、開かれたままの引き戸から中を覗き込む。散らかった室内に、近江は座り込んでいた。

「ごめんね」

近江は静かに振り返って、小さく微笑んだ。

「なにがあったんですか？　相談って……」

峻也は焦って問いかけた。なのに近江は黙り込んで、峻也をイラッとさせる。

「ねえ、なんで来たの？」

逆に問いかけられて、峻也は半ば怒りながら答えた。

「なんでって、呼ばれたからですよ」

「大変な時なんだから、断ればよかったでしょ」

「大変な時だってわかってるのに呼んだってことは、なにか大変なことなんだろうと思ったんですけど」

「ただの嫌がらせってこともあるよ」

「なぜ、近江さんがそんなことをするんです？」

苛々しながらも、峻也は辛抱強く答えた。やっぱり近江の様子がなにかおかしいから。

「仲よさそうな家族を見せつけられてムカついたから。……というのは、あると思わない？」

「本当に？」

「ムカついたのは本当だよ。幸せそうで。助け合ってるって感じが、すごく妬ましかった」

それが近江の本心なのだろうということはわかったが、それだけではない気がした。黙って、続きの言葉を待つ。

「僕には、ここに一緒に住んでる二人が家族みたいなものなんだ。二人を失ったら、本当にたったひとりになってしまう。だから、見逃したいんだ。失いたくないんだ」

苦しげな近江の声に、重大ななにかがあるのだろうとは思うけれど、まったく意味がわからない。

「近江、さん？」

うつむいた近江にためらうように声をかける。

「手がかりを……見つけたんだ。欲しいかい？」

言われて峻也は目を見開く。

「手がかりって、美姫のですか⁉」

今この状況で家出娘の居所なんてことは言わないだろう。

「そう。たぶん犯人がね、わかる。居所もわかるかも」

「教えてください。お願いします！」

峻也は近江の前に座り込んで、頭を下げる。土下座の姿勢もまったく苦にならなかった。

「俺、なんでもします……。俺は……俺は、美姫から実の父親を永遠に取り上げてしまった。もう二度と判断を誤りたくないんです。絶対、なにがなんでも幸せにするって決めてるんです。美姫のためなら俺、なんでもしますから」

泣き落としだと思われてもかまわない。なりふりなんてかまっていられない。

「じゃあ、あの家族を捨てて、僕の家族になってくれる？」

「え――」

「佐倉じゃなくて、俺を選んでくれる？」

即答ができなかった。家族の顔が、桐の顔が浮かんで――。

「はい。それで美姫が救えるのなら」

少し間は空いてしまったけど、きっぱりと答えた。

父の葬儀の時の後悔は、十年経った今でも忘れられない。

その頃の美姫は、まったく感情を表に出すことのない子供だったが、父の遺影を見た瞬間、峻也の手をギュッと握ったのだ。小さな手が痛いほどに強く——。

父の死は、酩酊《めいてい》して階段を踏み外した末の事故死ということになっていたが、峻也は自殺ではないのかと疑っていた。根拠はなにもない。だけど、酒が抜けた時の父の、おまえたちがいないと生きていけない、という言葉が耳に残っていた。

これからは二人だけ。自分が二人だけにしてしまった。だから自分には美姫を護る義務がある。美姫を幸せにすることが、自分にできる唯一の償いだと思って生きてきた。

佐倉の家に引き取られ、今まで申し訳ないほどに幸せだった。だから自分はもういい。

一番を二つも手に入れようなんて虫がよすぎたのだ。

「峻也……。じゃあ、契約の印にキスしてもいいかい？」

「キ、ス……？」

近江が手を伸ばし、峻也の頬に触れた。峻也は反射的にビクッと身を竦《すく》めたが、抱きしめられても、その場に押し倒されても、逆らわなかった。

畳に散らばったなにかが背中に当たって痛い。

近江の顔が近づいてきて、思わずギュッと目を閉じた。

しかし次の瞬間、近江の重みが消えた。ザザッと大きな音がして、目を開けると般若のごとき形相の桐が立っていた。

「桐!?」

なぜ桐がここに……と考えて、自分がここに来る前に、藤に電話していたことを思い出す。

「近江に呼ばれたから少し行ってくる」と。

桐に言うと面倒だと思って藤に連絡したのだが、藤に言えば桐に伝わるのは考えるまでもないこと。こういう事態を想定していたわけではないが、少し怖かったのかもしれない。

「てめえ、ふざけてんじゃねえぞ!」

桐は近江に殴りかかった。近江もキッと睨みつけて、応戦する。

「ちょ、待て、やめろ!」

組み合う二人を引き離そうとするが、桐は完全にキレていて聞く耳を持たない。

「桐、桐! 俺が、俺がいいって言ったんだ! 近江さんが悪いんじゃない!」

叫ぶように言えば、桐の動きが止まる。

「ごめんな、桐。俺は近江さんのものになるから、おまえは他に誰かいい人を見つけて」

自分で口にした言葉が、自分の胸に突き刺さる。桐が他の誰かのものになる。それが辛い。

「なに言ってんだよ、意味わかんねえよ。美姫に勝てないってのはわかってたけど……そのためでもこいつになんて、やれない。絶対渡さない。峻がいいって言っても……峻は俺のものだ!」

桐は峻也の前に跪《ひざまず》き、渡さないという言葉の通りにきつく抱きしめて、近江に背を向けた。

どうやら桐は飛び込んでくる前に、少し話を聞いていたらしい。

「桐……離せ」

「嫌だ！」

さらにきつく抱きしめられる。

「おまえだって美姫を助けたいだろ！　一緒に護るって言ってくれただろ！」

思わず叫んでいた。今ここでそんな押し問答をしている暇はないのだ。

桐は少しだけ腕を緩めた。しかし囲いは解かない。

「桐！」

怒鳴りつけても、やっぱり離れないから、腕ずくで引き離そうとした。今はどうあっても、美姫が最優先だった。

「なんか……馬鹿らしくなったな」

押し問答を黙ってみていた近江は、そう言って大きく息を吐き出し、毒気を抜かれたような顔で笑った。

「近江さん⁉」

峻也は近江の気が変わってしまったのではと焦る。

「一番を手に入れるためには全部捨てる、か……。なるほどそんな感じだ。やっぱり保険をかけようとしてしまう自分が……残念だよ、本当に。こんなことでも負けてしまうなんて」

近江の言葉の意味がよくわからなくて、とにかく美姫の居場所は訊きたくて、食い下がる。

「近江さん、美姫の居場所の話は……。教えてくれるなら、こいつは帰らせますから」

桐がいたのでは近江は教えてくれないのではないかと、また桐を突き放すようなことを言う。

「峻……」

桐を傷つけるのは、自分の胸が痛い。だけど桐はもっと痛いだろう。

「もういいよ。もういい。ちょっと仲間を売るのに覚悟が欲しかっただけだから……。教えてあげるよ」

「近江さんっ」

近江の言葉に峻也は目を輝かせ、近江は少しだけ寂しそうに笑った。

「心配しなくても、妹さんに危害は加えてないと思うよ。そんなことができる奴らじゃないから。勢いでやってみたものの、どうしようって今頃おろおろしてるかも」

「え、誘拐犯は近江さんの知り合いなんですか？」

「そう。ひとりはこの部屋の主だよ。峻也は一回会ったことがあるよね、バーのマスターしてる奴」

「あ、あの……」

同じ施設の出身で、彼女がお嬢様だと言っていた。

「あいつの彼女が、きみたちが捜していた議員の娘だ。みんな金に困ってたんだ。良美ちゃんは金持ちの娘だけど、自由もお金も取り上げられて、身ひとつであいつのところに飛び込んできた。もうひとりの男は、働いていたところをクビになって、次の仕事も見つからなくて。きみの妹を狙ったのは、嫉妬もあったんだと思う。同じ施設出身だから、よけいに」

「なんでそいつらだってわかったんだ？　あんたも誘われた、とか？」

「いや。僕がプロを目指すって言ったら、あいつらは喜んでくれたから。俺を巻き込むまいと思ってここを出て行ったんだと思う」

部屋が荒れているのはいつものことではなく、慌てて出て行ったからだったようだ。

「でも、ほら」

近江が見せたのは、美姫の写真。

「これも」

それはA4サイズのなにかがプリントアウトされた紙。見れば、成功する誘拐の仕方、などと書かれていた。

「こんなサイトがあるんだ……」

なんて恐ろしい世の中だと思う。

「なにかコソコソやってるとは思ってたけど……。あいつらがこれ以上道を間違えないよう、僕は止めなくちゃいけない。でも、どこに行ったのかがわからないんだよな……」

「ええ⁉」

当然そこまで知っているものと思って話を聞いていたからギョッとする。

「てめえ、それもわからずに峻に手を出そうとしたのか！」

桐がまた怒りを再燃させて近江に詰め寄る。

「悪かったよ。ちょっと魔が差したんだ。必死な峻也が可愛くて」

「なんだと⁉」

近江の胸ぐらを摑んだ桐を、そんなことをしてる場合じゃないだろうと引きはがす。

「美姫に危害を加えないっていうのは、確かですか」

そこが一番重要だった。

「ああ、それは絶対だ。あさはかだけど、罪のない女の子をどうこうできるような奴らじゃない」

とりあえずはホッとする。が、顔を見るまでは安心できない。

「この部屋になにか手がかりがあるかもしれない」

近江がそう言うから、部屋の中を探し回った。電話して、藤と寛吉も呼ぶ。近いところにいたらしく、わりとすぐに二人もやってきて、狭い部屋を五人で探し回る。

「なあ、これって地図じゃないか？」

桐がぐちゃぐちゃに潰れた紙切れのしわを伸ばして、そばにいた寛吉に見せる。

「ああ？　ただの模様にも見えるけど……等高線、か？」

その言葉を聞いて、峻也は桐の手から紙を取り上げる。その模様をじっと見て、

「あそこだ！」

思わず声を上げた。

「あそこって、どこ？」

「おまえがいたところだよ。ここが山の頂上。北と南に川が流れてて、これが麓《ふもと》から小屋に延びる唯一の道」

桐に見せながら説明するが、覚えているはずもない。

「どれ。ああ、そう言われれば……。施設がこのあたりか」

近江が目を細めて記憶と照らし合わせる。

山は施設のすぐ裏にあったので、子供たちの格好の遊び場になっていた。しかし、桐が発見された小屋は、山深いところにあって施設の方からは道がないため、行くことは滅多になかった。事件の後はみんなおもしろがって行っていたけど。

紙はよく見ると、小屋までの道のりをなぞった跡がある。

「間違いない、あの小屋だ」

あの施設にいたなら、誘拐といえばそこを思い出しても不思議ではない。見つかったのは奇跡だと、当時散々報道されていたから。

「しかしよくわかったな、こんな線だけの地図で」

山の等高線と細い道と川。どこにも文字は入っていなくて、珍しい記号もない。広い地図から抜粋して、それを拡大したという感じの地図だった。

「俺、昔から地図読むの好きなんだ。子供の頃、うちには子供向けの本はなくて、本といったら元トラックの運転手だった父が持っていた地図しかなかった。それを見て、いろいろ想像するのが楽しかったんだ」

等高線を見て、山の景色を想像する。川の幅と蛇行具合を見て、水量を推測する。合っているかどうかなんてわからないけど、見たつもり、行ったつもりになるのが楽しかった。それくらいしか楽しみがなかった。

「よし、早速行くぞ」

今度はみんな比較的明るい顔で車に乗り込んだ。


普通車では少々辛いくらいの山道をガタガタと登っていく。まだ日が暮れたばかりだが、ライトの明かりだけでは不安になるほど、鬱蒼と生い茂る木が濃い闇を作り出していた。

少し手前で車を停《と》めて、車内に一つだけあった懐中電灯で足下を照らし、徒歩で慎重に進む。

ぽっかり開けた場所に、懐かしい小屋が現れた。といっても、暗くて全容はよくわからない。記憶よりも小さく感じられたが、ボロさ加減はあまり変わっていなさそうだった。

十年前、桐が発見された直後には取り壊してしまおうという動きもあったのだが、所有者が首を縦に振らなかった。それはそうだろう。勝手に誘拐に使われて、関係ない人間に壊せなどと言われても、使わないのならともかく、年に数度は作業小屋として使用しているものを壊せるわけもない。

ちらりと桐の顔を見れば、特になにか感慨を抱いているようには見えなかった。あまり来たい場所ではなかっただろうが。

下生えには踏みしだいた跡があり、ごく最近人の往来があったことを感じさせた。以前に来たことのある峻也が先頭に立ち、前の時も中の様子を確認したガラス窓に近づく。そっと覗き込めば、以前桐が拘束されていた場所に美姫が座っていた。

――生きてる。

それだけで胸がいっぱいになった。一旦窓から離れて、壁を背に心を落ち着ける。

そんな峻也を見て、背後にいた四人は怪訝《けげん》そうな不安そうな顔になった。安心させるように笑ってみせれば、一様にホッとした顔になる。

小屋から少し離れて、小声で救出のための作戦会議を始める。

「美姫は小屋の真ん中にいた。元気そうだった。横にもうひとり女の子が座っていて、出入り口の方に男が二人立ってる」

峻也がちらりと見ただけの中の様子を説明する。美姫が無事そうだというだけで、張り詰めた空気は緩んだ。

「身代金の受け渡しに関する電話はまだ入ってないらしい。警察が犯人に関して他に情報を手に入れた様子もない」

寛吉が宗次郎に電話して仕入れた情報を伝える。宗次郎には手がかりを見つけたことは伝えたが、警察にはまだ言わないように頼んだ。近江に少し待ってくれと頼まれたからだ。

「僕が正面から行って入れてもらうよ。警戒はするだろうけど、それで妹さんに危害を加えるようなことにはならないはずだから。それで説得する」

「説得？　そんなかったるい。戸が開いたら突入して、峻と寛吉で美姫を保護し、俺と藤で男どもをぶっ飛ばす」

桐が物騒な顔で近江を見た。絶対に譲る気はないと顔に書いてある。

結局、近江が引いた。

「それでいいよ。痛い目は見るべきだからね。ただ、あいつらも喧嘩慣れしてるから、気をつけて」

言われて桐と藤はニッと笑った。微妙に嬉しそうなのはなぜなのか。

「じゃ、そんな感じで。一刻も早く美姫を助けたいから、はじめよう」

ベニヤ板を張り合わせただけのような引き戸の前に近江が立つ。残りは左右に分かれ、壁に張り付く。近江が引き戸をノックすると、中から警戒した声が聞こえてきた。

「だ、誰だ」

「僕だ、貴文《たかふみ》だ。昌也《まさや》、ケンジ、開けてくれ」

「た、貴文⁉ なんで——」

近江の名前を聞いた途端、なんの躊躇もなく戸が開いた。

峻也は開いた戸をしっかりと握り、桐が反対側から戸口にいた男を突き飛ばして中に入る。続いて藤が入り、もうひとりの男に蹴りを入れた。

「な、なんだ⁉」

男たちはパニック状態で、女たちは驚いた顔。美姫だけがすぐに笑顔になった。

「美姫！」

峻也は飛び込んで美姫を抱きしめる。

「よかった、無事で……」

腕の中に温もりがあることを確認すると、全身を覆っていた不安がするっと抜け落ちた。

寛吉は拘束を解こうとナイフを手に後ろに回ったが、美姫の両手はしっかりと兄の背に回されていた。

「おや、縛られてなかった、の？」

拍子抜けした顔で寛吉が言う。

小屋の中にはキャンプ用の電気ランタンが灯《とも》されていて、薄明るい。

「うん。……お兄ちゃん、あれ、もう止めた方がいいと思う」

あれというのは、容赦なく相手をぶちのめしている双子。不意打ちだったというのはあるだろうが、喧嘩慣れしているというわりに、防戦すら満足にできていない、殴られ放題。

「止めていいのか？」

「うん」

美姫が言うならと止めに入る。

「桐、藤、もうやめろ。死んじゃうぞ」

二人もあまりに一方的すぎる攻撃にやる気を削《そ》がれていたようで、すぐに手を引いた。

ボコボコにやられた男たちはその場にへたり込む。慌てて女が駆け寄った。黙って見ていた近江も近寄って、大丈夫かと声をかけた。

「貴文、おまえ……」

バーのマスターが恨めしそうに顔を歪めて近江を見る。

「誘拐なんて馬鹿なことして、逃げ切れると思ってたのか？」

静かに問われ、二人の男はうつむき、苦い顔で黙り込んだ。

「もうやめるつもりだったのよね？　だから私のことも縛るのやめてくれたんだし」

美姫が取りなすように言った。

どうも言い方が上からのような気がしたのは気のせいだろうか。被害者と加害者というより、弁護士と加害者とでもいう感じの、諭《さと》すような言い方に聞こえた。

「美姫ちゃんに、このまま いったらどうなるかっていう、俺たちの未来予想を懇々と聞かされて、すごく怖くなったっていうか、馬鹿らしくなったっていうか……」

「目先のことしか考えてなかったって反省しました」

どうやら殴られる前から戦意喪失していたらしい。

「なんで美姫だったんだよ。そこの娘の親を脅して金取った方が、安全で簡単だったんじゃないのか？」

寛吉の頭では理解不能なのだろう。誘拐なんて、成功する確率のかなり低い犯罪だ。親を脅す方がリスクは断然少なかったはず。

「なんか、幸せそうだったから……。同じ施設出身なのに、俺たちにはよくないことばかり起こって、そっちはなにもかも巧くいってて、不公平だと思ったんだ。少しくらい分けてもらってもいいんじゃないかって、思ったんだよ」

「計画を練ってる時はすごく楽しかったんだ。調べれば調べるほど幸せそうで、ぶち壊すのを想像したらワクワクした。でも、いざ実行に移すとなったら怖くなって……家を出て、とりあえず美姫ちゃんの学校の方に歩いてたら、ばったり会ったんだ。もうこれは神様が背中を押してくれてるんだと思って、思わず——」

呑みに行った時に、そんなに自分は幸せそうな顔をしていたのか。それとも近江がそう話したのか。どちらにせよ、身勝手で短絡的な動機であることは間違いない。そこに不幸な偶然が重なってしまった。美姫は良美を捜しに行こうとして、三人は美姫の学校へと向かって、本来なら行き違いになるはずが、美姫の正確な能力が引き合わせてしまった。

「最初はうちの親から金取ろうって言ったけど……あの親父が私のためにお金を払うわけないんだもん。誘拐されて死んでくれれば、ストレスが減って、世間の同情票も買えてラッキーくらいに思う人だもん。そんなの、わかるんだから」

良美の目には涙が浮かんでいたが、それをこすっても目の黒い縁取りが滲むことはなかった。しかしその下にはまだあどけない顔が隠れている。

たぶん彼女は、それを目の当たりにするのが怖くて実行できなかったのだろう。捨てられていると思い込むのと、実際に捨てられるのとでは、まったく違う。

「でも俺たちは、きみを捜していたんだよ。お父さんに依頼されて」

「さっき、美姫ちゃんに聞いた。そんなことあるわけないって思ったから……嘘つきって言ってごめん」

良美は美姫に向かって素直に頭を下げた。

本当に欲しかったのは、お金ではなく幸福感だったのかもしれない。その方法を間違ってしまった。正反対の結果を生む方法を選ぼうとしていた。それを美姫に気づかされて意気消沈しているのだろう。三人の気持ちが、峻也にはなんとなくわかった。

「このまま許してあげてくれないかな」

美姫が兄弟の顔を順に見ながら、最後に峻也の目を見てお願いする。峻也なら許すと確信している甘え顔。どうしたものかと桐たちに目を向ければ、任せるという表情が戻ってきた。

「被害者に言われちゃ……」

許さないと言い張るのは難しい。実際、もう怒りは収まってしまっているから。

「僕が責任持って更生させるから」

近江にまで頭を下げられてしまった。しかし、美姫に一瞬でも怖い思いをさせ、みんなを死ぬほど心配させた罪は重い。ただ許すのではすっきりしない。

「あの……じゃあそうだな、三人は前科はあるの？　警察に捕まったこと」

峻也の問いかけに三人は首を振った。それはちょっと意外だった。学生時代にはグレていなかったのか。初めての過ち、ならば見逃しやすい。

「それじゃ、もういいよ、帰って。俺たちが来た時にはもう美姫しかいなかったことにする。でも、警察に指紋はとってもらうよ。次になんかやったら、誘拐未遂もばれるから、そのつもりで」

脅しをかける。執行猶予に三人は神妙な顔でうなずいた。

本当はもう警察に言うつもりはなかった。何度もここが誘拐事件で騒がれては、所有者が気の毒だ。美姫が自力で逃げてきたとか、解放されたとか、そんなシナリオを寛吉に書き上げてもらおう。きっと穴のない完璧なストーリーを練ってくれるはずだ。

「ここまでどうやって来たんだ？」

車は見あたらなかったと思って、美姫に訊いてみる。

「レンタカーでここまで来たんだけど、延長したらお金がいるからって昌也くんが返しに行って、ひとりで歩いて登ってきたの。堅実だし努力もできるんだから、腐らなければ幸せになれるわよ」

美姫の言葉に、明らかに歳上の男二人は、恩師に諭される元生徒といった感じで、頭を下げっぱなしだった。

「美姫ちゃん、今度一緒に遊ぼうね」

良美とはすっかり意気投合している。いったいここで美姫はなにをしていたのか。我が妹ながらあっぱれだと言う他ない。

「俺が護るなんて……おこがましかったな」

すっかり兄としての自信を喪失する。いつだって美姫が一枚うわてなのだ。お釈迦様の掌の上だ。でも、だから兄でいられたのかもしれない。いさせてくれたのかもしれない。

「俺を捨てて、あんな奴と寝ようとすんのが間違ってんだよ」

溜め息をついた峻也のすぐ背後に立っていた桐が、峻也の首に腕を回して小さな声で囁いた。

「な、あ、うー、……ごめん」

嫌なことを思い出させられ、もうそれに関しては謝るしかなかった。気が動転していたとはいえ、近江さんのものになる、なんて……すごいことを口走ってしまった。

「謝らなくていいよ……」

振り返れば桐が優しい顔をしていてホッとしたのだが、

「……許さないから」

そう続けられて固まる。

「え——」

「冗談だよ」

桐はニヤッと笑って離れた。

「お、おまえな!」

ドキドキしたのだ。いや、ヒヤッとしたのだ。もう許してもらえないのかと。

でも、あの時自分は確かに、美姫のために桐を捨てた。だから許してもらえなくてもしょうがないのだけど……。冗談だと言ってもらえて、心の底から安堵《あんど》している自分がいる。

「おーい、帰るぞー」

寛吉が懐中電灯を振って小屋の外から呼びかけてくる。藤も美姫ももう外に出ていて、小屋内には途方に暮れたような四人と、桐と峻也が残っていた。

「今行く！」

答えて出て行こうとしたのだが、桐が不意に戸の前で立ち止まって振り返った。その視線の先には、昔、小さな桐が座っていた場所があった。

「あんまり来たい場所じゃなかっただろ」

十年前の桐を思い出して問いかける。

自分にとってここは、人生が変わった大事な場所だ。桐と出会った瞬間に人生のベクトルが百八十度振れて、新しい人生が始まった。まさにターニングポイント。

だけど桐にとっては忌《いま》わしき想い出の場所だろう。

「なんで？　ここは俺と峻が初めて会った場所なのに。……あの窓から峻が飛び込んできて、一生懸命縄ほどいてくれて……。峻の笑顔を見た瞬間に、嫌な記憶も全部薔薇《ばら》色に塗りかえられたんだよ。だからここは、俺の大事な想い出の場所だ」

同じようなことを思っていたのだと知って、なぜか照れくさくなった。嬉しくて、気恥ずかしい。なぜだかとても優しい桐の顔から微妙に視線を外した。

「よく言う。あれから部屋を暗くして眠れなくなったくせに」

峻也は照れかくしにそんなことを言った。負けず嫌いの桐は、暗い中にひとりでいるのが怖いとは言えなくて、なんだかんだと理由をつけては峻也の布団の中に潜り込んできた。桐にとっては黒歴史。

「な、何年前の話をしてるんだよっ」

「あれ？　俺、最近も見たけどなあ、電気点けたまま寝てるの」

桐の焦った顔が楽しくて、つい追い打ちをかけてしまう。

「それはっ、消し忘れただけだろ！」

桐はムッとした顔で反論して小屋を出て行く。それを見て笑いながら、峻也も小屋を出た。

懐中電灯の薄い明かりひとつ。山の中では心細い明かりだけど、不安はまったく感じなかった。四つの顔が笑っているのがわかるから。

「じゃ、はぐれないように手ぇ繋いで帰るか！」

峻也は馬鹿な提案をしてみた。何歳だよ、と拒否する奴がひとりくらいいてもよさそうなものだが。手を繋ぐ順番で揉めはじめる。愛すべきお馬鹿な弟妹たち。

「じゃ、みんなで帰るぞー！」

「おー！」

暗い山中で鬨《とき》の声を上げ、両親が待つ家へと足を踏み出した。

七

結局、峻也の右手を美姫が、左手を桐が握り、美姫の手を寛吉が、桐の手を藤が握ることで落ち着いたのだが……。

峻也は手を繋いでる間ずっと、自分の言ったことを後悔するはめになった。

桐が変な握り方ばかりしてくるのだ。いわゆる恋人繋ぎで指を絡めてみたり、指先で指の腹を撫でてみたり、指の股《また》をくすぐったり。無邪気な提案をひどくエロティックに利用され、睨みつけても知らぬ顔のまま、好き放題された。

しかしそれも車に乗り込むまでのわずかな間。帰り道は警察にどう説明するか、シナリオ作りで盛り上がった。

家に帰りついて、両親と美姫の感動の抱擁があり、警察の事情聴取には寛吉監修の穴のない事件概要に従って答え、今日はもう遅いから解散、ということになった。

風呂など交代に入って、それぞれぐったりして自室へと引きあげていく。

峻也も自分の部屋に入り、溜め息と共にベッドにへたり込んだ。いろんな気力や体力を使い果たし、だけど無事に美姫が帰ってきたから、安心してぐっすり眠れそうだった。

今夜はきっとみんなもぐっすり眠るのだろうと思いながら、横になろうとしたのだけど。

そうではなかった男がひとり。

「なに、おまえ」

ノックもなく桐が入ってきて、峻也は閉じかけた目蓋《まぶた》をこじ開け、ベッドの上に座り直した。Tシャツにハーフパンツというのは、桐が寝る時のいつもの格好。峻也は普通のパジャマ姿。無言のまま近づいてくる桐に不穏なものを感じる。

「なんだよ……。——あ、そうだ！　おまえ、さっきのあれ、ふざけんなよなっ」

峻也は唐突に思い出して、桐にさんざん弄《もてあそ》ばれた指を反対の手で包み込みながら苦情を言った。

「感じちゃった？」

桐が小首を傾《かし》げ、ニヤッと笑う。

「馬鹿か、おまえは」

眉を顰めて辛辣《しんらつ》に返したのだが、桐は笑みのまま近づいてきて、

「……許さないって言ったろ？」

峻也の顔に顔を寄せて囁いた。顔が離れると、腹になにか抱えているような怪しい目をしているのに気づく。

「冗談だって言ったくせに……」

峻也は視線を落とし、ボソボソと異を唱えた。

「だって、峻が泣きそうな顔するからしょうがなく」

「し、してないっ」

それには大きく異を唱える。

「いーや、したね。あの場で抱きしめてやろうかって思うくらい、可愛い顔をしたんだよ。捨てないで！　みたいな」

桐は冗談めかして言うが、目だけはずっと笑っていない。

「馬鹿言うなよ。なに妄想入ってんの。そんな顔はしてませんっ」

強く言い張ったが、心の中ではもしかしたら……と思っていた。

あの時、桐に見限られるのではと思って、泣きたい気分になったのは事実だから。でもそれを素直に認めることはできなかった。

「じゃあ、してないことにしてあげてもいいけど……」

「けど？」

「それなら俺も、冗談だって言ったのは撤回する」

「な、おまえ、それはずるいだろ」

冗談を撤回されたら、自分は許してもらえないということになる。美姫のために桐を切ったことを。そのために近江を選ぼうとしたことを。

自分が悪いのだとわかっているけど、一度許して撤回はずるいと訴える。

「ずるい？　あのね、俺がどれだけ傷ついたと思ってんの。近江のものになるとか、他を探せとか。ふざけんなっての！」

桐は一気に怒気をほとばしらせた。峻也はそれに気圧され、少しばかり体が逃げを打つ。

「それは……ごめん。本当にごめん」

謝るしかなかった。言ってはならないことをたくさん言った。桐の心の傷を思えば、許してもらえなくてもしょうがないのかもしれない。

「……マジ、すっげー怒ってるんだけど。俺は絶対峻に手を上げないって決めたから……」

桐は身をかがめ、自然と逃げる峻也の体を追いつめるように顔を寄せていく。峻也はついに耐えきれずベッドに仰向けに倒れ、真上から見下ろしてくる桐を呆然と見上げた。

「抱くよ」

真剣な顔で言われて、心臓がドクッと高鳴った。

「なに言って……」

「もう引けねえよ。引いてやれなくなった。峻がその気になるの待ってたら、他の誰かに持っていかれちまう」

「んなわけあるかって……」

「あるだろ！　ふらふらして、俺の方に転がってくるならまだしも、離れる方にばっかよろけやがって」

桐は忌々しげに言い、峻也の背に腕を回して、抱きしめたまま体勢を入れ替えた。自分の胸の上に峻也の頭を載せ、ギュッと抱きしめる。

「転がってくるなら、ここ！　ここ以外全部アウトだから」

密着した頬から桐の鼓動が伝わってくる。ドクドクと命を刻む音がする。峻也は静かに目を閉じた。

「……ここは、いいな……」

思わず呟いて、ハッと我に返る。

「峻、今……」

「いや、なにも、なにも言ってない」

真っ赤になって否定する。腕を突っ張って桐から離れようとしたが、巻き付く腕がそれを許してくれなくて。抵抗をやめ、桐の気が済むまでじっとしていることにする。

すると桐は、大きくひとつ息を吐いて、話しはじめた。

「峻也が世間体とか、人の目とか気になる気持ちはよくわかる。だから俺は焦らないつもりだった。一緒にいられるのなら、今までのまま兄弟でもいいとすら思ってたんだ。だけど人は、大人になると自分の道を歩こうとするだろ？　峻なんて絶対、独り立ちしなくちゃとか

言って、離れていくだろ？　黙ってたら、ずっとそばにはいてくれない。いてもらうためには、引き留める言葉が……約束がいるんだ」

「桐……」

桐がそんなことを考えているなんて、思いもしなかった。真摯《しんし》な気持ち、温かい気持ちが鼓動に乗って伝わってくる。

自分はどこまで甘やかされているんだろうかと思う。こんなに幸せな場所を他に知らない。許されるなら、ずっとここにいたい。

「俺のそばにいてくれ。どんな形でもいい。頼むから、どこかに行ってしまわないでくれ」

どうして桐がそれを言うのか。言いたくてたまらないのは、自分の方なのに……。

いや、こちらからは言えないとわかっているから言ってくれているのか？

本当に、甘やかされている。

「世間体は気になるよ。おまえが周りにどう思われるのか、すごく気になる。俺なんかと恋人になったら、桐の未来はどうなっちゃうんだろうって、それがどうしようもなく気になる」

峻也も素直な心情を口にした。

「俺、が……？」

思いがけないことを言われたというように、桐は峻也に目を向けたが、峻也は顔を上げなかった。

「俺の自慢の弟だから。俺が自慢できるのは家族のことだけだから。それを自分で汚すなんて、できない。だからこれは思いやりじゃなくて、俺のエゴなんだと思うよ」

押しつけているのだ。誰にも非難されない自慢の弟であってほしいと、理想を桐に押しつけている。

「エゴって……。ずれてんな、峻は。そもそも汚すってなんだよ。失礼だろ、俺がそう簡単に汚されるとか思ってんの？」

桐は笑って峻也の顔を上げさせた。

目が合って、峻也は見つめてくる真っ直ぐな瞳を眩《まぶ》しく感じる。

「峻とのキスを見たあとでも、後輩たちはちゃんと協力してくれたよ。馬鹿にする奴もそりゃいるけど、そんなのは切り捨てたって問題ない程度の奴だし、その程度の数だ。俺のカリスマ性を甘く見るんじゃねえよ」

冗談めかして言い、桐はふわりと笑う。

「なんのカリスマだよ」

峻也の顔もほころんだ。

兄弟でいいとずっと思ってきた。それでも自分には過ぎた幸せだと思っていた。こんなんの取り柄もない平凡な自分を、桐が欲しがってくれるとは思わなかった。

「桐は子供の頃から、美姫が好きだって言ってただろ。俺はそれを聞くたび複雑な気持ちになってた。胸の中でいろんな感情が動いて、自分でもそれがどういう感情なのか、どうすればいいのかよくわからなかった」

美姫が十八歳になったら、あとはお互いの意志で好きにしたらいいと制限をつけたのは、気持ちを整える時間を自分が欲していたからかもしれない。だけど実際は、二人が大人になるにつれ、焦燥感が増して余裕がなくなっていった。

美姫にその気はなさそうだと思って安堵したり、でもそれじゃ桐の横には違う女の人が……などと考えてブルーになったり。二人が幸せになるならそれでいいと思いながらも、どうしようもなく寂しくなって……その時が来るのを怖れた。

気持ちは着実に桐に吸い寄せられていって、だけどそれを認めるわけにはいかなかった。

「俺だって、最初から開き直ってたわけじゃない。男なんてないって、気持ち悪いって思ってた時期もあった。だから峻に向かう気持ちを美姫にすり替えて、俺は正常だって思い込もうとしてた。……でも、結局降参するしかなかったんだよ。異常だろうがなんだろうが、俺が好きなのは峻なんだから」

桐は少しふてくされたように言って、呆然と見つめる峻也の頭を、また自分の胸に押しつけるように抱きしめた。少し照れくさかったのかもしれない。

峻也は桐の腕の中で、自分の鼓動がどんどん速くなっていくのを感じていた。顔が、体が熱くなっていくことも。それが伝わっていると思うとさらに落ち着かなくなる。

「美姫は世界で一番大事な妹だ。峻は俺の……世界で一番大事な人だ」

その言葉で、逃げ道のすべてにギロチンの刃が落ちていった。残った道はひとつだけ。足下に茨《いばら》を敷き詰めたような明らかに険しい道なのだけど、優しい光に満ちている。一番選びたくて、選べないと諦めていた道だ。

「俺は、美姫のためにおまえを切り捨てようとしたんだぞ？　いつでもおまえが一番大事だって言い切れる自信がない。こんな奴で、本当にいいのか？」

これが本当に桐のためにいいことなのか、その迷いだけが足を踏み出すのを躊躇させる。

「いいよ。捨てようったって捨てさせねえし。こんなふうにして峻と一緒にいられるのが俺だけなら、それでいい」

温もりをぴったりと重ね合わせる相手——確かにそれは桐しか考えられない。

「おまえが謙虚だと調子がくるう」

峻也は目を閉じて、口元に笑みを浮かべた。

「謙虚じゃねえよ。どうしても欲しいから今は譲歩してるだけだ。俺はわがままだけど、けっこう気は長いから。少しずつ、でも全部手に入れるよ、絶対」

眼差しは大人びて、だけど言い出したら聞かない子供のようでもあって、見つめられたら逃れられる人などいないのではないかと思わせる。

無理やり奪うのではなく、ただ見ているだけでもない。こんなふうに手を差し出されたら、拒否するなんてできるのだろうか。

「峻は？　本当の気持ち、聞かせてよ。俺が弟だから好きなのか？」

桐は峻也が前にそう言ったのをどうやら根に持っているらしい。

早く答えろと急《せ》かされる。望む答え以外を聞く気はないくせに。

「弟だから、じゃなくて……弟でも、好きなんだよ。こんなの、諦めさせるのが兄なんだろうけど……俺は結局、おまえの兄にはなれなかったんだな」

ひとつを掴み、ひとつをなくす覚悟を決める。

この家にもらわれてきた時、完璧な兄になろうと誓ったのだ。

歳はひとつしか違わなかったけど、あの頃はまだ桐たちの方がずいぶん体が小さくて、子供らしく育った分とても無邪気で愛らしかった。護るべき対象だと素直に思えた。

別の関係を手に入れるのだとしても、十年頑張ってきただけに少なからぬダメージがある。

「峻はもっと欲張れよ。欲しいものは全部手に入れりゃいい。どん欲にならないってのは、努力しないってことだ」

桐に言われて、ハッとする。

今のままで幸せだから、これ以上なにもいらない……というのは、現状を護ると言い訳して、逃げていたのだろうか。やっぱり自分は近江に偉そうなことを言える人間ではなかった。

でも、桐は……、あの時近江には「桐は一番を手に入れるために他を捨てる奴だ」と啖呵《たんか》を切ったが、本当の桐は「手に入れることを諦めない奴」だった。欲しいものは全部手に入れる。そのための努力は惜しまない。思っているよりもずっと大きな奴だった。

「兄貴で恋人でもいいだろ。ただ峻は兄としては立派すぎるんだよ。立派すぎて時々寂しくなる。ちっとも本心見せてくれねえし。……美姫から父親を奪ったとか、そんなふうに考えてること、峻の口から聞いたことなかった。なんでそれを近江なんかに聞かせるんだよ。もう本当に嫉妬でくらくらした」

文句を言いながらも、桐の顔には晴れやかな笑顔が浮かんでいた。そんなことも聞かれていたらしい。

「え、あ、ごめん……。でもあれは近江さんだから言ったわけじゃなくて――」

「わかってるよ。でもさ、あいつの腕の中に包まれるようにして寝てんのも見てたし、あいつ峻より歳上だし、俺の知らない峻を知ってるし、そこそこ仲いいし……ああくそ、思い出したらまたムカついてきた」

言いながら桐の顔がどんどん険しくなっていく。だけどそれすらも嬉しい。嫉妬されるというのは存外気持ちのいいものらしい。

「なに笑ってんだよ」

無意識に緩んでいたらしい頬を桐はおもしろくない顔でギュウッとつねる。

「い、痛いって。ごめん、ごめん」

謝れば手はすぐに離れ、つねったところをやんわりと撫でた。いつも威圧感すら感じさせる瞳が優しい光を帯び、指は耳の裏を通ってうなじへ回った。そのままゆっくり引き寄せられて唇が重なる。

「……ん、……」

触れるだけで離れた唇は、角度を変えて深く交わる。自然に開いた口の中に舌が入り込んできて、舌を舐められると体がビクッと反応した。

うなじから後頭部へと髪を梳《す》くように指が滑り、頭を後ろに反らすこともかなわずに桐の気が済むまで口内を舐め尽くされる。

「峻……俺には隠さないで、全部見せてよ」

熱っぽい瞳で懇願される。

お願いされると断れない、峻也の習性を桐はよくわかっている。

「……隠したのは、嫌われるのが怖かったからだよ。自分に自信がなくて、迷惑かけたら切り捨てられるんじゃないかって思えて……。ただ臆病だったんだ」

本当はただ卑小な自分を見られたくなかっただけ。

「誰が嫌うかよ。俺は峻に迷惑かけられたくてしょうがなかったんだ。甘えたり、縋ったりしてほしかった。峻が、俺は大丈夫だから……って言うたび苛々した」

「今からたぶん、すごく迷惑をかけるよ。幸せになんてしてやれそうにもないのに、おまえのこと、手放してやれそうにないし。どんなにいい女が現れても、潔く身を引くなんてできないから、たぶん」

自己嫌悪にまみれて申し訳ない気持ちで言ったのに、桐の顔がパーッと輝いた。

「いいなあ、それ。峻が嫉妬してくれるっていい！　俺を捨てないでとか、言って、言って！」

本当に嬉しそうで、その素直さが愛らしくて、峻也もつられて笑顔になった。

「あー……その顔はヤバイよ……」

桐は峻也をギュッと抱きしめて、上下をまた入れ替えた。乱れた峻也の前髪を後ろに撫でつけ、じっと見下ろしてくる眼差しは峻也が見たことのない色を帯びていた。暗い――ようでいて、鋭く光る瞳に心を奪われる。

桐に捨てられたら自分はどうなってしまうだろう。まだ始まったばかりなのにそんなことを思って怖くなった。

「俺を、捨てないで、くれ……」

望まれた言葉を無意識に口にしていた。言った峻也自身も驚いたが、桐は聞いた瞬間にハッとした顔になって、きつく眉を寄せた。そして食らいつくような勢いで峻也の唇に唇を重ねる。

さっきのキスでも峻也には充分濃厚だったのだが、全然序の口だったのだと思い知る。深く交わり、少しも口を閉じさせてもらえなくて、唾液《だえき》で溺《おぼ》れそうになる。

唇が離れた時には全力疾走のあとのようにぐったりしていた。

「あーもう、峻は強烈すぎんだよ……俺の余裕ぶっ壊しやがって。んなこと不意打ちで言われたら、優しくしてやるつもりだったのに、加減できなくなるだろ」

峻也は桐の濡れた唇を呆然と見つめていた。

強烈すぎはこっちの台詞だ、初心者だと知っているだろうに——そんな文句をぶつけたくなったが、兄としてはあまりに情けない言葉だと呑み込む。その前に息が上がって声になんてなりそうにないのだけど。

桐の手がパジャマのボタンを外していくのを見て、にわかに緊張する。

「桐……」

流れとしてはそうなのだろうが、いきなりの急流にあっぷあっぷして、気持ちがついていけていない。

だけど桐はもう待てないというように、峻也の戸惑いを無視して、露《あらわ》になった胸元に唇を落としていく。印をいくつも残しながら片方の飾りにたどり着き、それを吸い上げ、舌で押し潰した。

「ふぁ……っ」

変な声が出て口を押さえ、掌でへそから腋《わき》にかけて撫でられて、寒気のようなものが走る。

「桐……あの、」

なにかを言おうとしたが、なにを言えばいいのかわからなくて次が出てこない。

なに？　というように見つめてくる瞳には、最前までの優しさが消え、眉を寄せているせいで迷惑がられているようにも感じてしまう。

「いや、いい……」

止めたいわけじゃない。ただどうしていいのかわからなかった。怖いとか恥ずかしいとか、そんなことを言うつもりはなく、言われたって桐も困るだろう。

とにかく桐の邪魔をしないように……しかされるだけでいいのか……ぐるぐる考えるが、胸の粒を舐められてビクッと体が跳ねるのと一緒に飛んでいく。

「んっ……く、……ぅ」

二つの粒をぐりぐりとこねられて、摘《つま》まれ、吸われ、今度は声を殺すのに必死になる。

「峻……我慢するなよ。聞こえないから、大丈夫」

ここは角部屋だし、隣は桐の部屋だ。みんなもう疲れて寝てるだろうけど……そういう問題ではないのだ。

峻也にはどうしたら素直に声を上げられるのか、理解不能だった。何度か見たアダルトビデオの中の人に訊《たず》ねてみたくなる。

もうすでに恥ずかしくて死にそうなのに。

「んぁっ……、あ、……ぁあ……」

どうしても漏れる声が異様に大きく響いているように感じた。

桐は声が出るとそこばかり弄《いじ》るから、無意識に身をよじって逃れようとする。

「嫌？」

問われてハッとして、じわじわと体を戻す。

「嫌じゃない。大丈夫」

言った途端に桐が溜め息をついた。

「峻の大丈夫は聞きたくないよ。我慢しないで、なんでも言って」

じっと見つめられると恥ずかしさが増して、どんどん顔が赤くなっていく。

「じゃあ、電気消して」

峻也は思いついて言う。暗くなれば少しは恥ずかしさも軽減されるだろうと思った。

「それは却下」

「な、なんで。我慢するなって言っただろ」

「俺、暗いのダメだから」

さらっと理由を言われて、ああそういえばと納得しそうになって、桐を睨みつける。

「今は平気だって言ってただろ」

ほんの数時間前に聞いたばかりだ。

「可愛い強がりだったんだよ」

こういう時だけあっさりと強がりを認める。ずるいと思うが、桐が暗がりが苦手な理由を知っているので、本当かどうかわからないけど強く出られない。

「お、俺が一緒なんだから、怖くないだろ、暗くても」

できるだけ優しい顔で笑ってみせる。まるで子供に言い聞かせるように。

「いいね、それ。お兄ちゃんプレイ？」

桐はクスッと笑って顔を伏せた。

「プレイじゃ、ない、て……んっ、ンあっ、あ、」

胸の粒を舐めては潰し、また出てこいというように噛《か》んでは舐める。

「も、それ……、イ、ヤだ、って……」

言ってもそれが終わることはなく、空いている手が布地の上から太腿の内側をさすりはじめた。パジャマの柔らかくて薄い布地は、手の温もりも、指の細かな動きまでもリアルに伝えてくる。

「峻……ずっと欲しかった。……もっとたくさん、愛して、感じさせて、俺なしじゃいられなくなるくらい……もっと……」

吐息混じりに熱く囁かれ、肌はそれにすら感じて粟立《あわだ》つ。

「も……いい、もうじゅ、ぶん……だから」

もうすでに桐なしではいられないから、そんなに頑張らなくていいと、言いたいけど巧く言葉にならなかった。

「なにが充分なの？　ここはまだ、不満そうだよ」

太腿の内側を撫で上げた指が中心に触れた。自分でもそこが熱く熱を持っているのはわかっていたが、触れられてすでに限界に近いところまで来ていることを知った。

「峻、自分でもあんまりしてなかっただろ？」

桐がいたずらに微笑む。最近してなかったから……と、ちょうど自分でも考えたところだったので、ギョッとして、真っ赤になった。

「そ、そんなことは――」

ないと言うのがいいのか、あると主張すべきなのか、どっちもどっちという気がした。だけどズボンを下着ごと下ろされて、その刺激だけでイッてしまいそうになって、ひゅっと息を呑む。

桐と目が合って、ニヤッと笑われてわざとやったのだとわかった。

「これからは俺が抜いてやるから」

兄の威厳など最初からなかったけど、完全に子供扱いでおもしろくなかった。

「けっこうだよ」

着ているものを脱ぎ捨てる桐に、口でせめてもの反抗を試みる。

「自分でする暇なんて、あると思わないことだね」

桐の裸など見飽きるほどに見てきたはずなのに、のしかかってこられると、いつも以上にたくましく感じた。恐怖心が胸の中でざわめいたが、気づかないふりをする。

桐は峻也の肩の横に手を突いて、改めてそこにいるのが峻也だと確認するようにじっと見つめた。

「あんまり、見るなよ……」

男らしさには欠けるが、女らしい丸みなど当然ありもしない体だ。触れられてもいないのにいきり立っている股間に視線を注がれると、もうどうにも身の置き場がなかった。

「いいよ。峻の言うことならなんでも聞いてあげる」

桐はそう言って、股間のものに手を伸ばした。指を絡めて擦り上げ、ビクビクと身を震わせる峻也を楽しそうに見つめている。

「嘘、つき……っ」

ほんの少しも言うことを聞こうなどという姿勢は感じられず、峻也は震える声で苦情を言った。

「ごめん、努力はしてみたんだけど……」

努力なんて微塵もしてないくせに、のうのうとそんなことを言う。桐は努力家だと近江に言った自分を殴りたくなった。

だけど反論は、桐の指の動きによって霧散させられてしまう。

「は、ア、……くっ、んン、ンッ！」

見られていると思っても、取り繕うことができなくなる。声は自然に溢《あふ》れた。

誘うように腰が揺れて、ジュクジュクと濡れた音に耳を犯される。そこから脳までも溶かされてしまいそうで、頭を抱えた。

「ヤッ、あ、……もう、ヤバイ……もう、イ――」

唾を嚥下《えんか》し、波をやり過ごそうとするが、桐の手が止まらない。

「桐、出ちゃう……て……もう」

聞こえていないのかと薄く目を開けて訴えれば、じっと顔を見ていたらしい桐と目が合う。

慈しむような顔に、恥ずかしさはマックスに達するが、カリッと先端を刺激されて、

「ひぁっ――！」

思いっきり声を上げて弾けてしまった。

あまりにも簡単にイかされて、その瞬間のなにも取り繕えなかった顔もばっちり見られ、
白濁は溢れ出してまだ桐の手を汚している。居たたまれない。

「本当に溜まってたんだな」

その言葉に、消え入りたくなった。

ごそごそと桐の下から抜け出そうとして、肩を押さえつけられる。

「なにしてんの？」

問われても答えられない。ただただ逃げ出したかったのだ。その視界から。

「峻が嫌なら、ここまでにしてあげるけど……」

声が辛そうに聞こえて、思わず桐の顔を見た。じっと見つめてくる瞳にはいたわるような色があったけれど、体は完全に前のめりで、ここで止められないと言っている。

「嫌なわけじゃない。そうじゃなくて……」

恥ずかしかったんだ、なんてことは言えなくて。

「ティッシュを取ろうと思っただけだ」

そんな言い訳をして、ベッドの横の机へと手を伸ばす。

桐は小さく笑って、机の上のティッシュボックスを取り、峻也の前に差し出した。

「汚れてるのはおまえの手だろう」

そこからティッシュを数枚抜き取って、桐の手から自分が放ったものを拭き取る。

「峻、ゴム持ってないよな？」

「ゴム？」

パッと頭に浮かんだのは輪ゴムだった。なにをするのかと思って、すぐに自分の間違いに気づいた。

「あ、ああ、ちょっと待て」

机の引き出しの中を探り、平たい正方形の袋を取り出す。どぎつい蛍光ピンクに目をそむけたい気分になった。

「なんで持ってんだよ」

訊いたくせになぜか桐は怒っている。

「俺が持ってちゃ悪いのかよ」

「なんのために持ってたんだよ⁉」

「い、いいだろ、別に俺が持ってたって。おまえだって持ってんだろ⁉　なに怒ってんだよ」

馬鹿にされたような気がして言い返した。使おうと思って持っていたものじゃなかったが、そんなことは言いたくなくなってしまった。

自分は持ってるどころか何度も使ったことがあるのだろうに。用もないのに持ってちゃいけないのかと、もてない男代表の怒りをぶつけたくなる。

「誰に使うつもりだったんだよ」

「は？」

「そんな相手、いたのかよ」

いないとも言いたくなくなる訊かれようで、だけど強がりで嘘をつく気にもなれず、黙秘する。

「結局使わなかったってことだよな？」

「もういいだろ！　使うのか、使わないのか、おまえはどうするんだよ」

さっきまでの淫靡《いんび》な空気はどこかに飛んでいって、なぜか勝負でもしているような空気になっていた。突き出したゴムを桐が奪うように取る。

「ありがたく使わせてもらいますよ」

袋を破り、桐の怒りを表しているようなそこに器用に被せた。

それを見て、急に現実に戻って怖くなる。目を逸らした峻也を桐は押し倒し、悪辣そうな笑みを浮かべ見下ろす。

どこかに飛んだはずの淫靡が、険悪さを連れて戻ってきた。

黙って桐は峻也の後孔に手を伸ばす。

「ちょっ、待っ――」

すぼまりを摘むようにされて、キュッとそこに力が入る。指が入ってこようとするのを、きつく拒む。

「峻、力抜けよ。こんなんじゃ俺がおまえの中に入れないだろ」

指すら入らないところにあんな大きいものを入れようとするのが間違っている。そう思って首を振るが、機嫌の悪い桐は譲歩しようという気配もない。

桐は峻也の目の前で、自分の指を舐めた。赤い舌を見せるようにして、音を立てて、見ている峻也が居たたまれなくなるほど、あからさまに官能的に見つめながら。

その指が糸を引いて後ろのすぼまりへ。入り込んできた指をまた拒もうとするけれど、今度は強引に侵入してくる。

「く——ンッ、痛、ぁ、……」

首を強く横に振って、無理だと訴える。

「峻……これ、誰に使うつもりだったの？」

桐がこれと言って摑んだのは、すっかり萎《な》えてしまった峻也の中心。

「だ、誰って……」

意味がわからなくて、顔をしかめながら目で問いかける。

「峻は遊びとかでできるタイプじゃないから、しようとしたってことは、けっこう好きだったってことだろ？ ——誰？ 今後の参考のために訊いておきたいんだけど」

言いながら、桐は峻の中に二本目を入れ、苛々と動かす。

「な、アッ……、もう、なに言って……、そんなの、いなッ、からぁ」

恐怖心と痛みとよくわからぬ桐の不機嫌。問いかけの真意がわからぬまま、答える。

「いない？ じゃあ、このゴムは？」

「そんなの、友達が、俺はいら、いらないって言うのに、プレゼントって……、男の、っあ、あ……、身だしなみだとかって……んッ」

説明すると、桐の指から責め立てるような激しさは消え、ゆるやかにほぐす動きになる。

「さっさとそう言えばいいのに……。じゃあお詫びに」

桐は急に機嫌よくなって、萎えていた峻也のモノを口に含んだ。

「え――。あ、アァッ……や、もういいから、……んっ、ン……」

口をすぼめて吸い上げられ、それはあっという間に力を取り戻す。後ろの指の動きは優しくなって、空いたもう一つの手は戯れに乳首を摘む。

あまりに急で強烈な快感が一気に来て、鳥肌が立った。自分の体なのに、ビクッビクッと勝手に跳ねて収拾がつかない。

「き、桐……もぅ、おかしくなる、から、……ね、ヤメッ……」

恐怖や痛みより、気持ちいいのが慣れなくて、このままだと自分がどうなってしまうのかわからず不安になる。

「助けてほしい？　峻」

股間から口を離し、代わりに手でしごきながら問いかけた桐に、コクコクとうなずく。

どうにかしてほしくて、桐のたくましい二の腕をギュッと摑んだ。

「桐……、助け、て……ねえ……」

縋るような目を向ければ、桐はゴクッと唾液を嚥下した。そしてふわっと嬉しそうに笑う。

「もっと、もっと頼って……縋ってよ。全部受け止めるから……。絶対、護るから」

十年前に縋りついてきた子供がそんなことを言う。

そして、峻也の中から指を抜くと、成長しきった熱い杭をそこにあてがう。峻也の足を持ち上げ、ゆっくりと慎重に、しかし迷いなく。入っていく。

「く……ンッ……嘘、つき……」

歯を食いしばって痛みに耐えながら、やっとそれだけ言った。

それは峻也にとって「助け」などではなく、護られている気もまったくしなかった。さらに追い込まれていくだけで……。痛みに意図せず涙が零《こぼ》れ落ちる。

「嘘じゃ、ないよ」

桐の指は繋がりをなぞり、裏筋をなぞって前に絡みつく。しごき上げ、そこからも涙を零させる。

「……あ、あ、んっ！」

その間もゆっくりと二人の距離は縮まっていく。

「峻、ほら、繋がった」

桐は全部入ったと教えるように腰を揺らした。

「え、あっ、……ん……桐が、中に……」

こうして桐と繋がっていることが信じられなかった。桐が動くと、自分の中に電気が走り、

すべての細胞が悦《よろこ》ぶ。もっとしてほしいと口々に叫ぶ。

だから自分も腰をゆらめかしてみた。同じように桐の細胞が喜んでくれるだろうかと。

「ウ、んッ、峻……ヤバイ、イイ……」

眉を寄せ、桐が感じてる顔をする。

それが嬉しくてもっと動こうと思ったけど、桐が箍《たが》が外れたように動きはじめて、動けなくなった。甘んじて受け入れるだけ。

「ハ、ア……峻の中、すげえ、イイよ……。峻は？　俺の……気持ちいい？」

「うん。うん。……すごく……桐のが気持ちい……から、また……」

貫かれ、包み込む快感。桐の激しさがいつの間にか心地よくなっていた。二度目の大きな波が弾けそうで、峻也は桐の頬に向かって手を伸ばす。

「一緒に……桐、一緒、に……あ、あ、……」

桐はしっかりとその手を摑み、口づけた。

「うん、一緒に。峻……離さないよ、ずっと……」

指を絡ませ、今なのか、未来なのか、定かではない約束を交わす。

「あ、うんッ……でも俺、もうイッちゃ……イッちゃう！」

早く終わりたかったのに、終わるのが惜しくなる。もっと繋がっていたいと思う。

桐の体を引き寄せ、ギュッと抱きしめる。

全部そこから始まった。桐を抱きしめて、微笑みかけたあの日から。兄でも恋人でも、名前はなんでもかまわない。この腕の中に桐がいてくれるなら。

桐の腕の中に自分がいられるのなら。

「俺も、もう……クゥッ――」

互いの想いを打ちつけ、受け入れ、交わって熱になる。

「あ、……熱い、桐……桐……ん、んンッ……！」

成長した大きな胸にしっかりとしがみついていた。

内と外に熱がほとばしる。ドクッドクッと鼓動のテンポで残滓《ざんし》が吐き出される。

全身の肌が粟立つような気持ちよさ。

「すげえ……初めてだ……。……やっぱいいな、一番の人と一緒は……」

つぶやいた桐の腕にギュウッと強く抱きしめられる。包み込まれる……護られる快感を峻也は初めて知った。

「うん、いいな……」

一緒に――その約束はいつまで有効か。

そんなことを考えて、ダメだな、と思う。欲しいものは諦めない。ずっと恋人で、ずっと兄弟で……欲張って生きるのだ。

絶対に離さない。必ず護り抜く。桐は、俺のもの――茨の道を笑顔で歩く覚悟を決める。

桐の背中に手を回し、十年前よりもしっかりと抱きしめた。

シングルベッドに男二人は狭い。

だけど桐はどうしてもここで寝ると言って譲らなかった。自分の胸に峻也を抱き込み、この体勢で朝まで一緒に過ごすのだと主張する。

近江と一緒に寝ていたのがよほど気に入らなかったらしい。

「峻の初めては全部俺がもらうつもりだったのに……。ま、あいつはいいきっかけになってくれたから、許さないこともないけど……仲よくすんなよ」

目の前に胸。というか、ほぼ密着している。近江より近いというのが大事なのだろう。

峻也にはどうにも落ち着かない体勢なのだけど、顔をつきあわせて話すよりはマシかもしれないとも思い直す。

なんだか本当に桐の顔が見られないのだ。

「近江さんはこれから忙しくて、俺と仲よくしてるどころじゃないだろ。本気でプロ目指すっていうんだから」

さっきまでの自分がたまらなく恥ずかしかった。だけど桐の態度が変わらないから、幻滅されるようなものではなかったのだろうと考えて、なんとか平静を保っている。

「あいつはエンジンかかるの遅すぎんだよ。俺がなに言ってもウジウジしてやがったくせに、峻が言ったら一発っていうのも気に入らねえ。――って、あんな奴の話なんかいいんだよ」

桐は峻也をさらに抱き寄せ、髪に口で触れる。

「おまえが言い出したんだろ。……そうだ、桐はプロになる気はないのか？」

明るい声を出して、密着していることを意識するのを避ける。肌が擦れると体が勝手に反応してしまいそうになるから。

「プロ？　まあ、それも考えないじゃないけど……。大学まではなにより峻を優先するつもりでいたから」

「優先？」

特になにかサッカーより優先されたという覚えはない。

「峻が俺の一番だから。まずは峻を手に入れるって決めてた。もし恋人が無理でも、ずっとそばにいてくれるように。脅してでも、情に訴えてでも」

桐は手に入れたことを確かめるかのように、峻也の体のあちこちに触れる。官能を煽るというよりは楽しむように。

「俺みたいのを手に入れるのに、そんなに頑張らなくても……」

言った途端に頭を鷲掴みにされ、仰向かされる。

「峻を馬鹿にするのは、たとえ峻でも許さねえよ」

これも護るということの一環なのか。笑っているので冗談だとはわかるのだが、そんなことを言われてもどんな顔をすればいいのかわからない。

「……それはその……ごめんなさい」

「よろしい」

頭を撫でられ、子供扱いに峻也は憮然《ぶぜん》とするが、なんだかとてもくすぐったかった。

「一番が手に入ったから、次を考えるかな」

桐は言って、大きく伸びをした。さすがに眠くなってきたのだろう。

「ひとつずつ、か。おまえ意外と不器用なんだな」

「うるせえ。まず峻を手に入れないと、先が考えられなかったんだよ。峻はなにをしたいんだ？　参考にしてやるから、言ってみろよ」

眠いのになんとか起きていようと頑張っているようで、口調がちょっと怪しい。なんだか子供っぽくて微笑ましかった。

「俺は……なんか人の役に立つ仕事がしたいって、最近思うようになってきた。できれば子供の……心のケアができるような人になりたい、かな……」

峻也も眠気に襲われながら、ぼんやりと夢を語る。寝物語にしか語れないくらい漠然とした想いを初めて口にした。

「ふーん、合いそうだな。お兄ちゃん、には。……でも、俺と一緒にいるのは必須なんだからな」

「うん、わかった……」

まだなにも見えていない未来。同じ夢を見ようとするように、二人はぴったりとくっついて眠りについていた。

終章

目覚めると、目の前に胸があった。喉元《のどもと》、顎、そして——

「おはよう」

桐の笑顔があった。額に口づけられ、ボッと赤くなる。

「お、おはよう……」

朝になると恥ずかしさは増すものなのか。峻也はさっさと起き上がろうとしたのだが、絡みついている腕に離そうという意思は少しも感じられない。

「桐、離せよ」

「えー」

「えー、じゃない」

叱るように言えば、渋々という感じで解放された。ベッドから下りて立ち上がると、あらぬところに違和感を覚え、そこに桐が入っていたことを思い出させられる。

「大丈夫？」

動きが止まった峻也に、桐がいたわるというより、おもしろがるような顔で声をかけた。それを無視して、峻也はベッドから桐を追い出し、てきぱきとシーツを剝《は》がす。洗濯するものをまとめて、洗濯機のある階下へ行こうとしたのだが。

ドアを開けようとして、後ろから先にドアノブを摑まれる。振り返れば、桐が不満そうに立っていた。

「まさかこのまま行っちゃう気？」

「行っちゃう気だよ」

両手に洗濯物を抱えたまま言い返す。

「マジかよ。キスのひとつもくれないわけ？」

その言葉にギョッとして洗濯物を落としそうになり、抱きしめ直す。

「ゆ、昨夜散々しただろ」

「はあ？　なに言ってんの。毎日するんだよ。ほら、そんなの抱いてないで」

桐は峻也の手から洗濯物を取り上げて床に置くと、俺を抱けとばかりに空いた手を自分の腰に回させた。頰に手を添え、ついていけない峻也の顔を上げさせてニッと笑った。

「いいな。夢が叶《かな》ったって感じがする」

嬉しそうな顔を見て、峻也の体から力が抜けた。笑みを浮かべ、少しだけ背伸びして桐の唇に唇を押し当てる。ほんの一瞬。

桐は目を丸くして、それからパッと顔を輝かせた。

「もう一回」

ねだられてもう一度唇を合わせれば、濃厚なディープキスになって返ってくる。

「なあ、俺の部屋に行こうよ」

耳元に囁かれて、気持ちが少し揺れたが、胸を押し戻す。

「馬鹿言ってんな」

洗濯物に手を伸ばそうとしたら、横から奪われる。

「昨夜はちょっと無理させたから、使われてやるよ」

「いいよっ。俺のシーツをおまえが持って下りるの、変だろ」

奪い返して洗濯機のあるバスルームへと一直線。シーツも自分の体もきれいに洗い流した。

とりあえずはすっきりして、キッチンに入ると、リビングのソファに藤が座っていた。

それを見て、なんともいえぬ罪悪感を覚える。藤の気持ちを知っていながら桐の気持ちを受け入れた。このまま黙っているわけにもいかない。

「藤……」

テレビを見ていた藤は、神妙な顔で近づいた峻也を見て笑った。

「意外と早かったね、起きてくるの。美姫も寛吉もまだなのに」

「あ、うん」

「でかいのが邪魔で眠れなかったか」

「いや、そういうわけじゃ……。——は？」

素直に答えて、言われた意味を理解して目を丸くする。藤はなにを驚いているの？　とでもいうようなポーカーフェイス。

「ま、まさかまた桐が報告したとか……」

「さすがにそれはまだ。今は幸せ気分で昨夜を反芻《はんすう》してうたた寝ってとこじゃないの」

「反芻って……。いや、あのな、その……。ごめん、藤」

赤くなりそうになって、ぶんぶん頭を振って振り払い、その頭を下げた。

「謝る必要はないと思うんだけど」

「でも、おまえが桐を好きだって知ってるのに——」

「謝られても困るよ。なにせ俺が画策したようなもんだから。峻があいつをふって、俺とくっつく可能性が少しでもあったなら、俺も違う策を練ったけど。それはないし、峻なら俺の気持ち知ってて、そうやって俺に気ぃ遣ってくれるから、いろいろやりやすいしね。二人がくっついたのって、かなり俺のおかげだよ。お礼なら言われてあげる」

「……うん、じゃあ、……ありがとう」

戸惑いながら礼を言えば、藤はニヤッと嫌な感じで笑った。

「さて、次はどうするかな。なにせ俺たちは、親父のおかげで『自分で考えて動ける兄弟』

なわけだから。自分の幸せのためには、とことんどん欲に動くぜ」

それぞれが、それぞれの思惑で。兄弟の中で一番それができていなかったのは、長兄であるはずの自分だろう。他の四人は、非常にどん欲だと思う。

ちょっとした劣等感にさいなまれていると、藤がとんでもないことを囁いた。

「マンネリ化してきたら、三人で、とかどう？」

一瞬意味がわからず……、

「な、なに言ってんだよ、おまえは⁉」

信じられないとばかりに目を丸くして藤を見る。しれっととんでもないことを言う奴だとは知ってたが、今までで一番とんでもない暴言だ。

「うーん、ネックは峻だよなあ……。ま、長期計画でいくか」

気長に、どん欲に、諦めない。性格は似ていない双子だと思っていたが、根っこのところはやはり繋がっているらしい。しかしそんな無茶な計画はやめてほしい。

そこに美姫と寛吉が下りてくる。

「お兄ちゃん、ちょっと聞いてよ、寛ちゃんったら、私の下着をじーっと眺めてたのよ！」

「なに⁉」

美姫の訴えに寛吉を睨みつければ、ぶんぶんと首と手を振って誤解だと訴える。

「風が気持ちいいなあって、ボーッとしてただけだって。下着が干してあるなんて気づかなかったんだって！」

まあ、半分本当で半分嘘だろう。寛吉も自分の幸せにはどん欲な男だから。

キッチンに立って使ったグラスを洗っていると、桐が入ってきた。どうやら走りに行っていたらしい。呆れるほどタフだ。

近づかれると前とは違う意味で緊張する。それに気づいているのか、いないのか。桐は後ろから密着して首に腕を巻き付けてきた。

「な、なにしてんだよ、おまえ。離れろよっ」

峻也は小声で怒り、肘でさりげなくその体を押しのけようとする。

目の前のダイニングでは美姫と寛吉がまだ言い合っているし、その向こうのリビングのソファでは藤がテレビを見ている。セックスした次の日に弟妹の前で堂々といちゃつくような太い神経を、峻也は持ち合わせていなかった。

「はーい、みなさん。今日から俺と峻は、ものすごーくイチャイチャしまーす。邪魔すんなよ」

桐の宣言に、みんなの動きが一瞬止まる。峻也は心臓すら止まった気がした。

「な、おまえ、なに言ってんだよ！」

峻也は本気で焦って怒鳴りつける。抱きついてくる体を思いっきり押しのけようとしたのだが――。

「なにを今さら。今までもこれからも、ずーっと邪魔するわよ、決まってるじゃない」

「俺が幸せになるまで、おまえらだけ幸せになるのは許さん！」

美姫と寛吉は言い合いの勢いのまま、矛先を桐に向け変えた。

「俺たちよりも、それは峻に言った方がいいんじゃないの？」

藤が桐をたしなめる。

「その通りだ。俺はイチャイチャなんてしない。絶対しない！」

まったく誰も驚いた様子がないことに驚きながら、峻也はなおも絡みついてくる桐の腕を払いのけた。顔が真っ赤になって、真っ青になって、どんな顔でみんなを見ていいのかわからなくなって、うつむいたままその場を逃げ出す。

しかし玄関のところで桐に捕まった。

「離せ、この馬鹿！」

「どうせばれるんだから……ていうか、ほぼばれてたし。ちゃんと言われた方があいつらもすっきりするんだって」

「で、でもな、でも……。……宗次郎さんと蘭さんにはまだ言うなよ」

ばれたものはもうどうしようもないし、あの反応からいって桐の言うことは正しいのだろう。思い返せば、美姫ですら端々にそういう言動があった気がする。美姫には知られたくなかったのだけど……。

それはそれとして、両親に告白するには……それなりの覚悟がいる。

「顔向けができないとか思ってる？」

「思うだろ、普通」

「峻はあの二人を甘く見てるよ。賭けてもいいけど、絶対普通の反応は返ってこないぞ。あの人たちの価値観は世間一般とかけ離れてるからな。あらおめでとう、結婚式は？　とか、三年で別れるに五千円！　とか言い出すぞ」

反論はまったくできなかった。とてもありそうで。もしかしたらもう報告済みで、実際に言われたことなのでは、という気さえした。

あの二人が常識的な人なら、自分は今ここにいない。血の繋がらない兄弟はこんなに仲よくなっていない。幸せへのどん欲さは、二人から五人の子供へ伝えられた遺伝子。血ではなく、一緒に暮らし、いろんなものを乗り越えて培われるもの。

「おまえが幸せならそれでいいって、言うよ、絶対。この家の人間なら」

遺伝子は自分が一番薄いと思うけど、その言葉なら一番大きな声で言える自信がある。

「だけど、それより自分が一番幸せになる！　とも言うな」

桐が笑って付け加えた言葉は、やっぱり峻也にはあまり言える自信がないけれど、自分の幸せが桐の幸せに繋がっているのなら、声を大にして言う。

「うん。俺は絶対、幸せになるよ」

聞いた桐は驚いた顔をしたが、すぐに笑みに変わった。
それは峻也が今まで見た中で一番幸せそうな笑顔だった。

あとがき

こんにちは。李丘那岐です。

兄弟です。恋愛です。まんまなタイトルです。いつもバシッとはまるタイトルが考えつけない私の、ぐっだぐだなタイトル案を、担当さんがビシッとタイトにまとめてくれました！　おお、なんだか耽美ちっくな匂いがするし、騙されて買ってくれる人が一人や二人……と思ったのですが、そのためにはまずイラストレーターさんを買収すべきでした（笑）。

田倉トヲルさま、原稿が遅れたうえにキャラも多く、いろいろ難儀されたことと思います。なのに、内容にそった素敵なイラストをいただき、私の邪心は気持ちよく打ち砕かれました！　おかげでさわやかに、潔く、発売日を迎えられます。本当にありがとうございます。

で、肝心の内容はというと、兄弟というか……腐れ縁の仲間たちというか、人生楽しもうぜ同好会というか。愛し合ってるか～い!?　ってな感じです。

ワンコは意外に度量が大きかった……というのが私の感想（笑）ですが、みなさんはどう思われたでしょうか。いろいろな感想があると嬉しいです。

ここまで読んでいただき、誠にありがとうございました。この本の発行にご尽力くださったすべての方に感謝申し上げます。

またいつかどこかでお会いできることを心より祈念しつつ。

二〇〇九年　ぱっくり割れた石榴に耽美を感じた秋の日に……

李丘那岐

✦初出　兄弟恋愛……………書き下ろし

李丘那岐先生、田倉トヲル先生へのお便り、本作品に関するご意見、ご感想などは
〒151-0051 東京都渋谷区千駄ヶ谷4-9-7
幻冬舎コミックス　ルチル文庫「兄弟恋愛」係まで。

幻冬舎ルチル文庫

兄弟恋愛

2009年10月20日　第1刷発行

✦著者	李丘那岐　りおか なぎ
✦発行人	伊藤嘉彦
✦発行元	株式会社 幻冬舎コミックス 〒151-0051 東京都渋谷区千駄ヶ谷4-9-7 電話 03(5411)6432[編集]
✦発売元	株式会社 幻冬舎 〒151-0051 東京都渋谷区千駄ヶ谷4-9-7 電話 03(5411)6222[営業] 振替 00120-8-767643
✦印刷・製本所	中央精版印刷株式会社

✦検印廃止

ISBN978-4-344-81793-7　C0193　Printed in Japan